Le goût de l'élégance

De la même auteure

Rinzen, la beauté intérieure, Expression noire, 2018.

Journal of an obsession, dans *Montreal Noir*, collectif de nouvelles, Akashic Books, Brooklyn, NY, 2017.

Comme un raisin sec, dans *Comme chiens et chats*, collectif de nouvelles, Stanké, 2016.

Rinzen et l'homme perdu, Expression noire, 2016.

Wildwood, Libre Expression, 2014.

233 °C, dans *Crimes à la librairie*, collectif de nouvelles, Druide, 2014.

Eaux fortes, Expression noire, 2012.

Vanités, Expression noire, 2010 ; réédition 2013.

Le Défilé des mirages, Expression noire, 2008 ; réédition 2013.

Le Cercle des pénitents, Expression noire, 2007 ; réédition 2013.

Le Cri du cerf, Expression noire, 2005 ; réédition 2012, 2016.

Johanne
Seymour

Le goût de l'élégance

Libre
Expression

Catalogage avant publication de Bibliothèque et Archives nationales du Québec et Bibliothèque et Archives Canada

Titre: Le goût de l'élégance / Johanne Seymour.
Noms: Seymour, Johanne, auteur.
Identifiants: Canadiana 20190035277 | ISBN 9782764813867
Classification: LCC PS8637.E97 G68 2020 | CDD C843/.6—dc23

Édition: Marie-Eve Gélinas
Révision et correction: Karen Dorion-Coupal et Maryse Faucher
Mise en pages: Chantal Boyer
Couverture: Marike Paradis
Photo de l'auteure: Sarah Scott

Cet ouvrage est une œuvre de fiction; toute ressemblance avec des personnes ou des faits réels n'est que pure coïncidence.

Remerciements
Nous remercions le Conseil des Arts du Canada et la Société de développement des entreprises culturelles du Québec (SODEC) du soutien accordé à notre programme de publication.
Gouvernement du Québec – Programme de crédit d'impôt pour l'édition de livres – gestion SODEC.

Conseil des Arts du Canada Canada Council for the Arts
SODEC Québec
Financé par le gouvernement du Canada | Canada

Les Éditions Libre Expression
Groupe Librex inc.
Une société de Québecor Média
4545, rue Frontenac
3e étage
Montréal (Québec) H2H 2R7
Tél.: 514 849-5259
www.edlibreexpression.com

Dépôt légal – Bibliothèque et Archives nationales du Québec et Bibliothèque et Archives Canada, 2020

ISBN: 978-2-7648-1386-7

Distribution au Canada
Messageries ADP inc.
2315, rue de la Province
Longueuil (Québec) J4G 1G4
Tél.: 450 640-1234
Sans frais: 1 800 771-3022
www.messageries-adp.com

Diffusion hors Canada
Interforum
Immeuble Paryseine
3, allée de la Seine
F-94854 Ivry-sur-Seine Cedex
Tél.: 33 (0) 1 49 59 10 10
www.interforum.fr

« Ce soir j'ai l'âme à la tendresse
Tendre tendre, douce douce... »
Pauline Julien

« Mentir en silence,
ne jamais tout dire,
mentir en silence »
Michel Rivard

En quelques années, je suis passée du physique anguleux d'Audrey Hepburn à celui de ma tante Paulette, ragoûtante dans mon tailleur jaune serin, la jupe plissée contre mes cuisses généreuses nourries par les trahisons, le manque d'amour et les spaghettis carbonara.

— Cette couleur vous va bien…

J'ai toujours encouragé les femmes qui jugent trop sévèrement leur reflet dans les miroirs des boutiques. Elles m'interpellent. Comme le miel, les ours mal léchés. Comme mon commentaire, l'homme accompagnant la femme qui se regarde cruellement dans la glace.

— Eh, le gros canari ! Qu'est-ce que t'en sais ?

Ses lèvres n'ont pas bougé, mais je l'ai clairement entendu, aussi fort que s'il avait crié à pleins poumons.

Non ! Je ne suis pas folle à lier. Pas plus que je ne suis dotée de pouvoirs surnaturels. Marvel ne publiera jamais de romans graphiques dépeignant mes exploits. Je suis perméable, c'est tout. Depuis toujours, j'entends l'inexprimé. Je vois l'inavouable. Je perçois les faux-fuyants et les non-dits. Bref, je suis poreuse. J'absorbe l'indicible comme une éponge et, à la longue, c'est harassant. Je suis une ville perpétuellement bombardée et, malgré les murailles que je passe mon temps à ériger autour de moi, en dépit des verrous que j'installe sur mon cœur, je ne parviens jamais à me protéger.

Je voudrais riposter à l'abruti devant moi que je préfère être grosse à ses yeux que grossière, mais je n'y arrive pas. La source de mes réparties colorées, autrefois intarissable, a cessé de couler. Je suis à sec. Fatiguée et sans courage.

C'est que, depuis un moment, je perçois ma vie comme un slam cru, dur, effréné, d'où l'on aurait retiré toute la poésie. Une logorrhée, sans point ni virgule, qui m'empêche de respirer.

Je suis prise en otage dans ce tourbillon qui m'agresse et me hante, et je voudrais que ça cesse.

Je souhaiterais que mon existence soit mise sur pause et que les mots soient vidés de leur sens. J'ai une envie furieuse logée en permanence au fond de la gorge. Comme une pulsion de bonheur avortée.

J'ai le goût de l'élégance.

J'ai le goût…

De chuchotements qui apaisent et de choux à la crème qu'on déguste du bout des doigts.

J'ai le goût…

De mots qui insufflent l'héroïsme et de cœurs qui s'abreuvent à l'humanité.

J'ai le goût…

De « Je t'aime » glissés dans un regard à la dérobée.

J'ai le goût…

De pluie fine, de soie et de compassion.

J'ai le goût…

De murmures rassurants et de pardons.

J'ai le goût…

De nuages qui s'effilochent et de gestes comme des caresses.

De promesses tenues et de serments partagés.

De sentiments enveloppants comme une doudou.

De nuits chaudes, de matins légers.

Et de chocolat qu'on mange sans culpabilité !

Je ne me suis pas présentée. Je m'appelle Simone. La libraire au tailleur jaune qui rêve d'une vie autrement.

Je dis « libraire », enfin... presque. Je m'occupe de la section Livres dans une grande surface, où l'on me refuse le titre de libraire pour ne pas avoir à me payer un salaire décent. Je suis donc une simple vendeuse. Il y a bien mon collègue à qui le propriétaire a donné le titre de gérant adjoint pour justifier son salaire plus élevé, mais ça, c'est une autre histoire...

Bref, mon existence ressemble à celle de toutes les femmes qui triment dur pour mettre du pain sur la table de leur solitude ou sur celle de leur famille. Je me lève tôt, prends l'autobus puis le métro, use mes genoux à faire des allers-retours sur le béton, reprends les transports en commun et me couche le soir, le dos éreinté, lovée contre mon chat, un livre ou une bouteille de vin... Je n'ai donc pas de récit épique à narrer. Juste une grosse envie de fracasser la baraque.

Ma mère ne serait pas fière de moi, elle qui n'a jamais rien cassé. Bien sûr, il a fallu que maman soit résiliente pour survivre à son enfance, mais elle n'avait pas l'âme d'une guerrière. C'était une souris dans le corps d'une lionne. Une rescapée qui n'avait plus la force d'entreprendre une autre bataille. Nul besoin d'un tsunami pour l'emporter. Un souffle aurait suffi.

Une fois sortie de son enfer familial, ma mère s'est tapie dans un coin pour se faire oublier de la vie. Je ne sais pas comment elle réagirait aujourd'hui à mon cri. J'ignore si elle chercherait à me faire taire ou si elle m'encouragerait à tout faire voler en éclats. J'aime imaginer qu'elle rugirait à mes côtés, mais rien n'est moins certain. Mon unique certitude est qu'elle aurait de la compassion. C'est ce que je retiens de ma mère, qui s'est gracieusement inclinée devant la mort à l'âge de cinquante-huit ans. Sa compassion, et la souris qui se mourait dans un coin.

Un jour, tu te lèves et tu discernes clairement les murs de ta prison. Pour certains, c'est à la suite d'une rupture, d'une perte d'emploi ou de la mort d'un être cher. Pour d'autres, la vie exerce soudain son poids. Pour moi…

Il y a plusieurs mois, j'ai reçu un courriel venimeux d'une collègue. Incisive et sans merci, la femme me crachait son ressentiment au visage sans me donner d'explications sur les gestes, les mots, voire les silences dont j'aurais été coupable. Je l'ai pressée de questions, mais elle est demeurée coite. Je devais en rester là. Ce que j'ai fait, ne désirant pas lui faire plus de mal que je ne lui en avais déjà fait à mon insu. L'incident aurait dû s'effacer de mon esprit pour ne devenir, au fil du temps, qu'un mauvais souvenir, mais c'était sans compter le petit détail de ma perméabilité. J'étais imprégnée du fiel qui l'habitait et, progressivement, le venin de ses sentiments m'a empoisonnée. En quelques échanges lapidaires, je suis passée de bourreau à victime. Avec ses mots bien choisis, elle a tué l'unique certitude que j'avais: je me croyais fondamentalement bonne. Sa seule perception de ma personne avait réussi à m'anéantir. Pourtant, j'avais toujours cru pouvoir exister en dehors du regard d'autrui!

« L'enfer, c'est les autres. » Jean-Paul Sartre avait raison. Pour paraphraser une entrevue de lui que j'ai un jour visionnée sur YouTube – où il expliquait la dernière réplique de sa pièce *Huis clos* –, ce qui nous semble le plus important pour notre propre connaissance de nous-même, c'est le regard de l'autre. Et lorsqu'on est dans la dépendance de ce regard, on est en enfer.

Mon *Ground Zero* à moi a été ce courriel. Pas la rupture amoureuse ni les échecs qui l'ont précédé. Non. Ces mots chargés de hargne ont engendré une implosion de mon être. J'ai été engloutie dans un maelström de petites violences et de haine dissimulée, sur lesquelles je suis devenue incapable de fermer les yeux et desquelles je ne peux m'échapper.

Je sombre dans un monde sans élégance, sans tendresse et sans magie.

Je prends racine sous la pluie battante parce que l'abribus est bondé de voyageurs impatients. La file derrière moi s'est allongée d'un pâté de maisons depuis mon arrivée tellement l'attente est longue. Il n'y a presque plus de circulation sur la rue Wellington en direction ouest. Quelque part sur la ligne 58, il y a eu un drame. Les sirènes hurlent au loin et une épaisse fumée noire s'élève du sol malgré les trombes d'eau qui s'échappent du ciel. J'ai un pressentiment de fin du monde, de navires qui coulent à pic et d'âmes qui s'échappent de corps agonisants. C'est trop. Je quitte la file et décide de marcher en direction du métro De l'Église. De toute façon, je suis déjà trempée jusqu'aux os. Pas étonnant : je suis sans protection, à l'image du reste de ma vie.

J'ai à peine marché cent mètres que mes dents claquent. La pluie chaude du mois d'août ne parvient pas à me réchauffer. Je suis glacée de l'intérieur. Je regarde autour de moi, cherchant un abri temporaire où me réfugier, me demandant si je dois téléphoner à mon employeur pour l'avertir de mon retard, voire de mon absence. Je ne peux tout de même pas me présenter au travail dégoulinante, les cheveux collés sur le crâne. Je tergiverse un bon moment plantée sous l'averse, puis je me résous à continuer mon chemin, malgré mon état. Pas question de rentrer à l'appartement. Mon compte en banque est presque à sec. Je ne peux pas me priver d'un jour de salaire. D'un pas décidé, je reprends donc le chemin du métro.

La pluie, poussée par le vent qui s'est levé, fouette mon dos et me force maintenant à courir à toutes jambes vers mon avenir incertain. En franchissant finalement les portes de la station de métro, j'aperçois mon reflet fragmenté dans la vitre balayée par les rafales. Je suis une toile de Picasso. La grosse femme en jaune.

Les portes du wagon se referment sur une foule suante et puante. Comprimée entre les corps anonymes, je me fais du mauvais sang car mon téléphone indique que j'ai plus de trente minutes de retard. J'imagine déjà les remontrances qui m'attendent et que je devrai subir sans répliquer si je désire conserver mon emploi. Les stations défilent et les scénarios les plus fous s'imposent à mon esprit. Il semble cependant que mon imaginaire a ses limites.

Une fois arrivée à destination, les pieds à peine à l'intérieur de la bâtisse, monsieur « grosse surface » me montre la porte en invoquant mes « nombreux » retards injustifiés. Bien sûr, il ne fait que profiter de l'occasion pour se débarrasser de son employée à l'allure de basse-cour. Depuis longtemps déjà, il salive à l'idée d'engager une belle jeune femme, sans aucune connaissance de la littérature, mais qu'il paiera moins cher et pourra baiser des yeux à volonté.

Je n'aurai même pas eu la satisfaction de démissionner.

Me voilà donc sans emploi et obligée de refaire le trajet en sens inverse jusque chez moi, tremblant de froid et ridicule dans mes vêtements trempés. Je me sens comme la petite fille du conte d'Andersen et souhaiterais qu'en frottant une allumette je sois soulagée du poids de ma vie.

Je vous l'ai déjà dit : je suis fatiguée. Je suis un boxeur encore debout au treizième round, la lèvre fendue, l'arcade sourcilière défoncée, le corps contusionné, la vision embrouillée par la sueur et le sang, vacillant sur ses jambes devenues coton.

— De l'Église !

C'est ma station. Je trouve la force de me lever et, vacillante, je sors du métro et m'oriente vers l'arrêt de la ligne 58 Wellington. Dehors, comme pour donner un répit à mon malheur, la pluie a cessé. Le soleil, encore timide, tente de sécher l'air saturé d'eau. Je frissonne et jette un œil en direction de l'ouest, là où, ce matin, une épaisse fumée noire s'élevait. Je ne vois rien, mais les effluves du drame s'exhalent jusqu'à moi dans l'air du midi. En montant dans l'autobus, je songe au parfum que je dois dégager. Un mélange d'amertume, de colère et de peur.

Pour ne pas céder à la panique, après avoir pris place sur un siège du fond, je compte les arrêts jusqu'à mon appartement, une habitude préservée de mon enfance, bien avant que j'aille explorer le zoo montréalais. Après vingt ans d'exil, je suis de retour à Verdun. Une décision prise sur un coup de tête pour tenter de redonner de la couleur à mon quotidien. J'y avais eu une enfance heureuse, j'espérais naïvement retrouver ce bonheur. C'était faire abstraction de mon regard d'adulte.

Le front pressé contre la vitre, je songe que c'est dans cette ville qu'est né mon amour de l'écrit. Je suis issue d'une famille modeste, où la culture n'était pas au menu. Travailler pour se loger, se nourrir et se vêtir était au centre des préoccupations de mes parents. Pourtant, à l'adolescence, je me suis retrouvée dans un groupe d'amis qui carburaient au théâtre, au cinéma, à la musique, à la poésie... Nous n'en avions jamais assez. Je me rappelle la joie qui m'habitait à cette époque, la passion qui me dévorait. Je frémis en me remémorant les papillons de mes premières amours, étouffantes tant elles me subjuguaient. Et je me demande comment cette passion s'est tue, comment cette joie s'est perdue et comment les papillons ont disparu.

Pendant que des monarques virevoltent et meurent par milliers dans mon esprit, au moment où l'autobus s'arrête devant la librairie Wellington, je vois une affichette au bas de la vitrine. Écrits en lettres cursives sur du carton, les mots « libraire demandé.e » m'interpellent alors comme le ferait une bouée de sauvetage pour une nageuse en détresse. Je me précipite à l'avant du bus, juste à temps pour en descendre à l'arrêt suivant.

Si j'avais été une baigneuse en péril, je me serais noyée.

Depuis une semaine, je fais des allers-retours devant le commerce, incapable de me décider à entrer postuler. J'ai perdu toute confiance. Je ne me perçois plus qu'à travers le commentaire silencieux du malappris de la boutique de vêtements, le jugement expéditif de mon bourreau épistolaire et le rejet de monsieur « grosse surface ».

Grotesque, inhumaine, vieille.

C'est fou. Il n'y a même pas un an, j'aurais répondu que j'allais bien, que ma vie n'était pas parfaite, mais que j'étais relativement heureuse. Que j'avais un travail, de bons collègues et de merveilleux amis. Que j'avais un toit sur la tête et suffisamment à manger dans mon frigo. J'aurais même fait une blague sur son abondance et sa corrélation avec mon tailleur jaune, qui semblait avoir rétréci au nettoyage. Aujourd'hui…

Je vis sur une île déserte.

Au Moyen Âge, il était impossible de prévoir le temps qu'il ferait quand on prenait la mer. Mais si, d'aventure, tous les rats quittaient le bateau avant qu'on largue les amarres, c'était le présage d'une tempête.

La tempête imminente dans mon existence en a fait fuir plus d'un, et pas que des rats. Les bouleversements que je subis depuis un moment sont tels que j'entre en collision avec les vies en orbite autour de moi, interrompant involontairement leur trajectoire, les obligeant à changer de cap sans qu'elles en aient ressenti le besoin.

Perdus dans le brouillard qui s'épaissit autour de moi, amours, amis, connaissances s'éclipsent, et je suis incapable de les retenir. De toute façon, en ai-je encore le désir ?

J'ai en mémoire des tablées joyeuses. Je me rappelle des voyages peuplés d'amis et remplis de sourires que la complicité transformait en éclats de rire. J'ai le souvenir de festins d'amour entre les draps, de promesses d'affection sans date de péremption, de plats d'un soir sans amertume.

J'ai vécu. Beaucoup. Intensément. Et pourtant pas assez. Ou mal. Ou dans la peau d'une autre…

Le drame des révolutions est que tout doit changer. Et ça fait des victimes au passage.

J'écoute la radio comme d'autres regardent la télé, les yeux rivés sur l'appareil. Le mien est sur le rebord de la fenêtre de la cuisine. Il fait partie de mon rituel matinal. Je me fais un café puis, appuyée contre le comptoir, je le sirote en « regardant » la radio. La nouvelle à la une ce matin m'interpelle particulièrement. On n'a pas trouvé l'origine de l'explosion qui a fait sauter tout un pâté de maisons sur Wellington, entre le boulevard Desmarchais et la rue Melrose. Convaincu que le gaz naturel en était la source, le service d'incendie a dû se rendre à l'évidence après investigation : aucune conduite n'était reliée à l'immeuble. L'origine de la déflagration demeure donc inconnue pour l'instant. L'unique consolation est qu'il n'y a pas eu de victime.

Je repense au matin en question en me versant un deuxième café. Malgré la pluie, j'ai marché jusqu'à l'arrêt de la 4e Avenue, alors que normalement j'attends le bus à celui du boulevard Desmarchais. Aurais-je été emportée par le souffle de l'explosion si je n'avais pas fait ce choix ?

J'ai beau me creuser les méninges, je n'arrive pas à me rappeler ce qui avait motivé mon changement de routine. D'autant plus qu'il pleuvait à boire debout et que j'étais sortie sans parapluie !

Je suis dérangée dans mes pensées quand mon téléphone me rappelle brutalement que nous sommes le premier du mois et que je dois payer le loyer. Force est d'admettre que, si je n'obtiens pas un travail bientôt, je vais me retrouver à la rue. Poussée par la nécessité, je m'habille et sors de l'appartement, prête à repasser pour la énième fois devant la librairie Wellington, certaine de ne jamais trouver la force d'y entrer.

Je ne sais pas où j'ai puisé le courage, ou peut-être n'était-ce qu'une envie morbide de me jeter dans la gueule du loup pour ne plus jamais en ressortir, quoi qu'il en soit, je suis finalement entrée dans la librairie et me voilà devant le comptoir.

Une jeune femme avec la patience d'un ange cherche sur Internet, à la demande d'un client, « un livre avec la couverture bleue qui parle de poids et dont l'auteur est gai ou s'appelle Guay ».

— *Le Poids de la neige*, de Christian Guay-Poliquin. La couverture est grise, avec une forme géométrique bleue.

J'ai répondu sans réfléchir.

— C'est ça ! s'écrie le client.

— Vous allez le trouver avec les romans québécois, précise l'employée en indiquant les étagères sur le mur de gauche.

L'homme s'éloigne et la fille plante son regard reconnaissant dans le mien.

— Simone Vendredi…

— Laissez-moi deviner, m'interrompt-elle, espiègle. Vous venez pour le poste de libraire.

Un homme qui range des livres dans la section LGBT et écoutait de loin notre conversation éclate d'un rire gargantuesque.

— Vendredi ? Vraiment ?

Il s'amène au comptoir et se présente, l'œil amusé.

— Billy… Crusoé.

J'écarquille les yeux pendant qu'il s'empare de ma main avec chaleur.

— Je suis le propriétaire. Je vous avertis, j'ai déjà deux excellentes candidates dans la mire.

Mon courage me quitte, et je m'apprête à rebrousser chemin quand il ajoute :

— Comme ça, Simone, tu veux être mon Vendredi ?

L'explosion inexpliquée de la rue Wellington me revient en mémoire. Sans elle, je n'aurais pas perdu mon emploi, je n'aurais pas vu l'affiche sur le chemin du retour et je n'aurais pas su que Crusoé dérivait à la recherche de son Vendredi.

La vie ne nous attend pas pour continuer son petit bonhomme de chemin.

J'avais besoin de reprendre mon souffle, de guérir d'un mal dont je connaissais le point de départ mais dont j'ignorais les origines, et surtout de retrouver mon équilibre sur le sol qui se dérobait sous mes pieds. Bref, j'étais probablement dans le pire creux de mon existence quand j'ai reçu l'appel de la librairie Wellington me disant que j'avais obtenu le poste convoité.

J'aurais dû sauter de joie, grimper dans les rideaux et préparer mon fabuleux osso bucco, mais je n'ai rien fait de tout ça. J'ai remercié Billy Crusoé, qui me donnait rendez-vous le lendemain matin à la librairie, j'ai raccroché... et j'ai pleuré. Toutes les larmes de mon corps. Le bal de l'apitoiement. Je me suis vautrée dans mon malheur, ma dépression, mon envie de non-existence jusqu'à m'endormir soûle de chagrin, de vertiges existentiels et de mauvais pressentiments.

J'entends vos « Qu'est-ce que t'attends pour faire une femme de toi ! » tout aussi clairement que les propos du zigoto de la boutique. Ils résonnent dans mes oreilles. Je me les hurle moi-même. Mais quand chaque promesse d'amour s'est transformée en cauchemar ou, dans le meilleur des cas, en rupture civilisée, quand malgré des efforts titanesques vous comprenez que vous n'aurez jamais l'air de Marilyn Monroe, mais davantage de Marilyn Manson, quand vous vous rendez compte que vous n'êtes jamais assez, ou toujours trop, et que chaque jour, avec son lot de petites violences, vient peser dans la balance… les mauvais pressentiments se justifient. Ils deviennent même des vérités de La Palice.

La brume matinale de mon cerveau, déjà trop sollicité par mon désarroi, m'empêche de paniquer complètement à l'idée de mettre les pieds à la librairie. Après une négociation féroce avec moi-même, je résiste à l'envie de revêtir mon tailleur jaune. Même dans le puits sans fond où je me trouve, le ridicule filtre. Puis, nourrie et vêtue, mais absolument et totalement pas prête à occuper mon nouveau poste, je quitte l'appartement.

Ça me fait tout drôle de marcher pour me rendre au travail. Je passe devant les abribus bondés et je me reconnais dans les visages fatigués des hommes et des femmes qui attendent, comme des animaux, qu'on les entasse dans le chariot qui les mènera à l'abattoir ; à ce travail où ils meurent à petit feu. Ce qui les distingue des bêtes, ce sont les cellulaires qu'ils agrippent comme s'ils étaient une continuité de leur corps, un appendice né d'une mutation de l'espèce. C'est normal, car depuis un moment la société se soucie non plus de l'intelligence des gens, mais de celle de leur téléphone.

À la différence de la « grosse surface » où je travaillais, la librairie Wellington est baignée de lumière. En y pénétrant, je ressens un frisson d'excitation. Ou peut-être est-ce l'effet des deux espressos que j'ai ingurgités avant de rassembler le courage de m'y rendre.

— Bonjour, dit simplement Billy Crusoé en me voyant arriver. Viens ! Je vais te présenter à l'équipe.

Je souris bêtement et le suis.

— Alice, voici Simone Vendredi, notre nouvelle libraire.

La minuscule femme dans la soixantaine est frêle d'apparence, mais on est vite détrompé.

— Alice Carroll. Heureuse de faire ta connaissance, déclare-t-elle en empoignant ma main avec force.

Je la laisse me secouer tout en m'interrogeant sur les origines de son patronyme.

— Alice s'occupe des collectivités, me confie Crusoé. Elle est ici à temps plein. On a aussi deux commis à temps partiel. Voici l'un d'eux… Guillaume Dumas.

— Bonjour…

— Bonjour et bienvenue, claironne le jeune homme qui, en sifflotant un air à la mode, retourne à la pyramide de livres qu'il est en train de monter.

— Amandine Verne, l'autre commis, continue Crusoé, est en congé aujourd'hui. C'est la jeune femme d'origine haïtienne que tu as rencontrée l'autre jour.

— Oui, je me souviens.

— On travaille également avec un bénévole, ajoute-t-il. Philippe London, un ancien professeur de littérature. Il remplace les employés malades et il se joint au personnel en période d'achalandage.

Je suis interloquée, il le voit.

— Philippe n'est pas un bénévole « normal ». C'est un employé qui refuse d'être payé.

— Mais pourquoi ?

La question a fusé sans que je puisse la censurer. Crusoé sourit en coin et réplique :

— Faudra lui poser la question. Voilà ! J'ai fait le tour de notre petite famille. Bienvenue chez nous !

La tête me tourne. Le sentiment d'irréalité qui m'habite depuis que j'ai rencontré Crusoé ne fait que s'accentuer. Sa petite famille... Carroll, Dumas, Verne, London... Je ne peux pas être la seule à avoir fait le lien ! Les plus grandes aventures romanesques ont été écrites par des auteurs arborant ces patronymes : *Alice au pays des merveilles, Les Trois Mousquetaires, Vingt Mille Lieues sous les mers, Croc-Blanc...*

Ma mine hébétée amuse manifestement Crusoé.
— Des questions ?
J'en ai mille. Je choisis celle-ci :
— Est-ce qu'il y a une toilette ?

Je m'asperge le visage abondamment avant de me regarder de nouveau dans le miroir. Soit je deviens folle, soit l'univers conspire à m'envoyer des messages tous plus nébuleux les uns que les autres. Je tangue, une vague d'angoisse me traverse.

Pourquoi est-ce si difficile pour l'être humain de s'abandonner au courant de la vie ? On s'abandonne au désir et à la gourmandise – en tout cas moi ! –, mais on cherche à contrôler tous les autres aspects de notre existence. Et si, pour une fois, j'acceptais de vivre dans l'inattendu ? Que pourrait-il m'arriver de si grave ? Je suis déjà secouée de toutes parts par le vent du changement. J'ai l'équilibre en délire et la certitude au diable vauvert. Qu'est-ce que j'ai à perdre ?

Tout.

Toutes mes certitudes.

Tout ce que je crois être.

— Ça va?

De l'autre côté de la porte, Alice Carroll s'inquiète.

— Oui, oui… Trop d'espressos ce matin.

Je l'entends glousser puis trottiner vers son domaine, à l'arrière de la librairie. Je retourne à la contemplation de mon reflet et vois le visage de ma mère dans le mien. C'est à cet instant que ça me frappe. Il y a un peu d'elle dans cette révolution qui bout en moi. Mon *Ground Zero* n'aura peut-être servi qu'à révéler un feu qui couvait depuis longtemps. Une braise invisible qui, au fil des générations et des rêves brisés, s'est nourrie pour se transformer en feu dévorant. En incendie du cœur rageant si fort qu'il est impossible de ne pas s'en préoccuper.

Je ne bouge pas d'un iota. Les yeux dans mes yeux, j'attends qu'un miracle se produise, que les réponses à tous mes maux apparaissent. Mais au moment où je commence à me demander ce que je fous immobile dans les toilettes, figée devant mon image, c'est plutôt une question qui surgit dans mon esprit. Et si, depuis toujours, je vivais dans la peau d'une autre? Celle de cette femme imaginaire sortie tout droit des fantasmes masculins ou encore de cette sainte invoquée par les curés? Et si j'avais taillé mon image à même les revues de mode, si j'avais tenu pour acquis que je devais être une douce moitié créée pour consoler, nettoyer et se taire, ou encore l'éternelle assistante incapable de décider, de diriger, et surtout de gouverner ? L'évidence me frappe soudain. Non seulement je ne sais pas qui je suis, mais j'ignore ce dont je suis vraiment capable !

Je délaisse mon reflet maintenant vide de substance et, accablée par le vertigineux constat que ma vie entière est à réinventer, je sors de ma cachette.

Je suis plantée devant les toilettes, comme un zombie naissant qui cherche à comprendre ce qui lui arrive, quand Billy Crusoé passe près de moi.

— C'est tranquille, tu vas avoir tout le temps du monde pour te familiariser avec l'endroit. Si tu as des questions, je serai à l'arrière. Guillaume peut t'aider aussi.

Puis il s'éloigne rejoindre Alice. Laissée à moi-même, malgré mon effort de bravoure, je panique. Je suis dans une forêt d'arbres réduits en pages, et pourtant le plancher vacille sous mes pieds comme un radeau en mer. J'essaie de me raisonner. Ce n'est pas le temps de faire une crise. J'ai un loyer à payer, un frigo à remplir, un chat à nourrir!

Je marche dans les allées et je fais semblant de m'intéresser aux livres sur les étagères. Je me dis que, si je fais très attention, je pourrai me rendre à la fin de la journée sans que personne ne soupçonne que je suis un imposteur. Je m'en suis toujours bien tirée avec les clients. Pourquoi en serait-il autrement aujourd'hui ?

— Madame…

Je sursaute et me tourne en direction de la voix. C'est un garçon qui n'a certainement pas plus de onze ans.

— Savez-vous où je pourrais trouver *L'Enfant mascara*? C'est un roman de Simon Boulerice.

Je dois sembler incrédule, car il répète sa question. Aussi surprise que la première fois, je demande :

— Qui t'a parlé de ce livre-là ?

Vous comprendrez mon étonnement : *L'Enfant mascara* traite du meurtre homophobe, en 2008, de l'adolescent Lawrence Fobes King. C'est un roman pour jeunes lecteurs avertis.

— Ma cousine. Elle est à l'université. Elle me suggère plein de livres.

Je suis aussitôt catapultée plus de quarante ans en arrière, un jour de Noël. Ma cousine Diane, la fille de ma tante Paulette – oui, oui, celle-là ! –, a choisi le cadeau qu'elles m'offrent. Universitaire, elle a deviné la soif qui m'habite. Avec excitation, je déballe un objet assez lourd de forme rectangulaire qui fait au moins deux centimètres d'épaisseur. Mes yeux s'écarquillent en voyant apparaître, sous une couche de papier de soie, un magnifique volume illustré des contes de Tolstoï. Aujourd'hui, quand je ferme les yeux, je peux encore sentir l'odeur des encres de couleur, imbibées dans le papier.

— Moi aussi, j'ai eu une cousine *pusher* de livres.

Le mot l'amuse manifestement. C'est un mini-moi, mais garçon. Il m'émeut.

Je pars à la recherche du rayonnage où se trouve le livre. Pendant qu'il trottine à mes côtés, je l'observe. Il a l'air déterminé des explorateurs. Je trouve enfin la section jeunesse et le livre en question.

— Le voici !

Il le retire lui-même de la tablette et en caresse la couverture. C'est l'illustration du visage d'un jeune garçon dont le maquillage coule vers le haut, comme le trait rouge qui explose de son crâne et fuit à la verticale.

— C'est une belle couverture.

C'est tout ce que je trouve à dire, car j'ai la gorge nouée. Il lève son regard doux vers moi.

— Merci.

Je me rends compte alors qu'il a les yeux maquillés. Je comprends qu'il s'identifie peut-être au garçon sur la couverture et qu'il espère que la vie ne lui réservera pas le même sort. Je voudrais le prendre dans mes bras, le consoler, lui assurer que rien de mal ne lui arrivera jamais, mais je sais que je mentirais. Il y aura Facebook, le tyran de l'école… Je dis :

— Le monde est parfois cruel…

— Des fois… Mais pas aujourd'hui, ajoute-t-il en me fixant avec un sourire de gratitude.

Mille images prennent mon cerveau d'assaut pendant que j'accompagne le garçon à la caisse. Un corps agonisant sous les coups, des visages grotesques qui crachent des mots toxiques, un homme qu'on jette d'un toit…

— Je constate que vous avez rencontré notre client favori, dit Guillaume en nous voyant arriver à l'avant. Simone, je vous présente…

Il s'arrête et se reprend.

— Vous permettez que je vous appelle par votre prénom ?

Je suis désarçonnée.

— Oui, bien sûr… Et tu peux me tutoyer.

Il acquiesce.

— Simone, je te présente Manu. Manu… c'est Simone, notre nouvelle libraire.

— Enchanté de faire ta connaissance, Simone.

En ce moment, je ne suis pas faite forte. Je suis comme de la porcelaine de Limoges ou une coupe en cristal de Baccarat... Bref, il m'en faudrait peu pour craquer. Devant tant de délicatesse et d'attentions, j'ai peur d'éclater en mille morceaux.

— Ça va ? demande Guillaume, inquiet de mon air fragmenté.

La petite main de Manu se glisse le plus simplement du monde dans la mienne.

— Elle est émue, c'est tout.

Il attend un moment, puis retire sa main.

— J'en ai besoin pour payer, ajoute-t-il en me souriant.

Il règle sa facture avec de la monnaie qu'il extirpe d'une pochette rangée dans son sac en bandoulière.

— Le compte est bon, déclare mon collègue en déposant les sous dans la caisse. Est-ce qu'on te revoit demain ?

— Ça dépend... C'est mon cours de gym.

Ils échangent un regard entendu, puis le jeune Manu quitte la librairie en nous saluant.

— Qu'est-ce qu'il voulait dire ?

Mon collègue me jauge.

— Que ses « camarades » d'école vont en profiter. Ils vont l'agacer, rire de lui... le frapper, peut-être.

Il me fixe. J'hésite.

— T'as connu ça ?

Il découvre ses poignets : sur chacun, une ligne fine, là où il s'est entaillé la chair.

— Une fois de trop.

La stupeur dans mes yeux l'incite à poursuivre.

— Faut pas t'en faire, Simone. C'est juste des lignes de démarcation. Entre l'avant et l'après.

— L'après quoi ? je murmure.

— L'après ici, répond-il, énigmatique.

Et il s'éloigne dans les allées à la recherche d'une rangée de volumes à redresser.

De retour à l'appartement, je m'écrase dans mon unique fauteuil. En redéménageant à Verdun, j'ai tout vendu. J'ai cru qu'ainsi je pourrais recommencer à zéro. Ç'a eu l'avantage de garnir mon compte en banque pour un moment, même si ça n'a aidé en rien mon envie de renouveau. Ce sont des morceaux de moi que j'aurais dû vendre, ou donner, ou simplement jeter à la poubelle. Les objets peuvent être un boulet dont il faut se débarrasser pour alléger le poids de nos vies, mais il ne faut pas compter sur leur absence pour en éliminer la totalité du fardeau. La lourdeur persiste et signe, bien après la disparition des artefacts.

Assise dans ma nouvelle bergère, par ailleurs magistralement inconfortable, j'évalue mon premier jour de travail. J'ai survécu, c'est déjà ça.

Animée d'un positivisme sorti tout droit d'un manuel de croissance personnelle, je me dis que c'est un pas dans la bonne direction et que, somme toute, ma journée s'est assez bien passée… Si l'on considère qu'il n'y a pas si longtemps je n'aurais pas parié sur le nombre de jours qu'il me restait à vivre.

Cette pensée me ramène à Guillaume Dumas. À ses poignets tailladés. Quel étrange garçon ! Si près de commettre l'irréparable et maintenant si… vivant.

« L'avant et l'après ici »…

Je suis incapable d'oublier ce « ici » qu'il a laissé flotter dans l'air. « Ici » quoi ? Ici se trouve la frontière entre la vie et la mort ? Ici on vous guérit de votre envie de mourir ?

La sonnette d'entrée me rappelle que j'ai commandé de la pizza. Je me lève péniblement de mon fauteuil et me traîne jusqu'à la porte. Je mets la main sur la poignée quand j'entends un murmure d'impatience de l'autre côté.

— Allez la grosse, réponds !

J'ouvre. Le corps sculpté comme une déesse – normal, elle fait des kilomètres à vélo chaque jour en livrant ses pizzas –, sans un mot ni un regard, les yeux rivés sur son cellulaire, la jeune femme parfaite me tend la boîte avec la facture scotchée dessus. Je la scrute à la recherche d'un brin de compassion, d'une parcelle d'empathie pour une sœur perdue, d'une once d'humanité, mais rien. J'abdique. Je paie, referme la porte, abandonne la pizza dans le couloir et cours enfouir ma tête, mon cœur et mon âme sous la douillette, répétant comme un mantra pour m'endormir : « Demain est un autre jour, demain est un autre jour, demain est un autre jour… »

Je dois ressembler à un épouvantail, car en me voyant Alice éclate de rire.

— Une nuit avec les moutons ?

Sa question réussit à m'arracher un sourire.

— Le troupeau au grand complet !

— Viens, j'ai un remède pour ça.

Elle m'entraîne à l'arrière de la librairie, dans son repaire. Alice a aménagé l'arrière-boutique comme si c'était une extension de son logis. Divan, comptoir-cuisine et table complètent le décor composé de boîtes de livres et d'un bureau. En la suivant, je remarque qu'elle est droite comme un « i ». Les années et les soucis ne semblent pas avoir eu d'effet sur son squelette. Elle marche fièrement et d'un pas alerte. Je ne peux pas en dire autant de moi. Je clopine parce que mon dos est coincé presque en permanence et, si je ne prends pas garde, mes épaules se voûtent à mon insu. Je crois qu'elles cherchent à mettre mon cœur à l'abri.

— T'en prends deux au coucher... ou le jour, quand t'en peux plus.

Elle me tend des comprimés homéopathiques contre le stress. Je ne sais pas trop quoi dire. Je m'attendais à une tasse de thé avec des muffins maison.

— Merci...

— Je sais ce que c'est.

— Quoi?

— Une séparation.

Mon air éberlué lui suggère qu'elle fait fausse route.

— Désolée... J'ai cru que c'était ton cas.

— Ç'a déjà été mon cas. Mais, depuis, l'eau a coulé sous les ponts.

J'ai vraiment dit ça? « L'eau a coulé sous les ponts »? Quels ponts? Je fais du canot dans des rapides depuis ma séparation, évitant de justesse les écueils, craignant de me noyer à chaque tournant.

Elle me regarde étrangement avant d'ajouter:

— Est-ce qu'on en finit jamais avec un amour?

Sa question me scie en deux.

— Je veux dire, l'amour qu'on a eu pour une personne ne disparaît pas, même si on a fini par la détester... par souhaiter sa mort même.

Elle met de l'eau à bouillir. Je vais finir par l'avoir, ce thé.

— T'es pas d'accord?

Je choisis de ne pas répondre. Je demande plutôt:

— T'as déjà souhaité la mort de quelqu'un que t'aimais?

Elle hésite, puis…

— Tous les jours pendant quinze ans.

Je suis sidérée. Elle sourit.

— Tu t'attendais pas à ça de moi.

— Non…

— Pour ma défense, je dois dire qu'il souhaitait aussi la mienne. Et il a presque réussi à exaucer son désir. Fracture du bassin, trois côtes cassées, mâchoire décrochée, œil tuméfié, commotion cérébrale… et j'en passe.

J'ai envie de pleurer, mais ça reste coincé dans ma gorge, là où la rage a élu domicile. Impassible, Alice verse l'eau bouillante dans la théière. Son histoire de violence conjugale ne l'émeut plus.

— Tu vois, le problème avec ceux qui sont en détresse, c'est qu'ils se sentent seuls, invisibles. Ça leur enlève toute volonté de réagir, tout espoir de s'en sortir. Ça transforme le courage en bottines de béton. Le secret…

Alice me tend une tasse de Darjeeling fumant.

— Le secret, reprend-elle en me fixant dans les yeux, c'est qu'on n'est jamais seul.

Puis elle m'abandonne dans l'arrière-boutique… seule avec mon thé.

Je consulte l'horloge au mur. Il reste dix minutes avant que ma présence soit requise à l'avant. Les yeux rivés sur la boisson encore trop chaude, je me dis qu'Alice a tort et que cinq minutes devraient suffire pour en finir avec cet amour qui traîne au fond de mon cœur et qui, comme le dit la chanson, ne veut pas mourir. Résolue, j'entreprends donc d'en faire l'autopsie afin de lui asséner le coup fatal.

Sérieusement, cinq minutes? Ça fait des lustres que c'est terminé et je me réveille encore en sueur la nuit, la gorge gonflée de pleurs et de colère. À qui est-ce que je mens? J'en aurai pour plus d'une vie à m'en remettre. Entre les mensonges, les trahisons et les silences sans fin, nous n'avons laissé aucune chance à l'amour. Enfin, au vrai. Pas à celui qui remplit un vide, qui répond à un besoin ou imite les gestes de l'amour. À celui-là, on était des champions. Imbattables aux yeux de tous, complètement K.-O. dans l'intimité. Mais le besoin que cet homme avait de moi était intoxiquant, le vide qu'il remplissait en moi, anesthésiant, et notre simili amour, si parfait qu'il parvenait même à nous convaincre.

Les violences invisibles…

La pensée me traverse l'esprit, sournoise comme son sujet. Elle m'étonne d'abord, puis elle prend tout son sens. Des souvenirs, en apparence anodins, de ma défunte relation remontent à la surface, et leur toxicité me renverse comme un dix roues surgi de nulle part.

J'ai mentionné ma perméabilité. Cette façon que j'ai de tout ressentir, même ce qu'on me cache. Ce n'est pas tout à fait vrai. Ou plutôt si, mais il arrive que mon processus d'absorption soit long quand il est question de mon propre cœur. Je suis un cordonnier mal chaussé.

Bombardée de l'extérieur depuis toujours, je ne me suis jamais aperçue que je l'étais également à l'intérieur de ma relation.

— Pourquoi t'as de la corne aux pieds?

J'étais pieds nus, les cheveux remontés à la hâte. Je portais un vieux tee-shirt et une paire de jeans élimés. Bref, je faisais le ménage. Devant mon air d'incompréhension, mon chum a répété sa question. Je me souviens d'avoir bafouillé quelque chose comme:

— Je sais pas… Parce que j'ai autre chose à faire que de passer mon temps chez l'esthéticienne ?

Mes yeux se sont alors posés sur un magazine par terre.

— C'est quoi, ça ?

— Une revue…

— Je sais. Mais qu'est-ce qu'elle fait là ? *Glamour*… On a jamais acheté ça.

— Qu'est-ce que t'as contre cette revue-là ?

À son ton révolté, j'ai compris qu'il en était l'acquéreur.

— Voyons… C'est plein de publicités et de clichés sur la beauté. Qu'est-ce qui t'a pris d'acheter ça ?

LÀ.

C'est exactement là que j'aurais souhaité comprendre la portée de sa question sur la corne aux pieds, la méchanceté sournoise de son commentaire, l'étendue des dommages que son commentaire infligerait à mon estime de moi. Mais j'ai ri et j'ai continué mon ménage.

Innocente !

Il me comparait aux filles du magazine. Et à une autre dans sa vie. Une avec la peau plus lisse, une plus jeune que moi.

Le regard vissé sur ma tasse, je vois défiler dans la boisson brunâtre toutes les attaques intimes qui ont peu à peu érodé mon être. Tous les mots vicieux, les gestes méprisants, les remarques blessantes… Jusqu'à cette dernière, quelques semaines avant la fin. Une phrase qu'il m'a jetée bêtement au visage au milieu d'une conversation.

— T'as su? La femme de Richard lui a réclamé de l'argent quand ils se sont séparés. Ils étaient même pas mariés!

— Quand même... Ça faisait plus de quinze ans qu'ils étaient ensemble. C'est tout comme. Regarde nous autres...

Il n'a pas répondu. Il préparait sa sortie. Et je m'enfonçais dans la dépression, victime des violences invisibles.

J'expire pendant une éternité. D'une certaine façon, je suis soulagée. Car je comprends que ce n'est pas la fin de ce rêve amoureux qui m'a plongée dans une dépression, aussi surprenante pour moi que terrifiante. C'est le manque d'empathie de l'homme que j'avais aimé, protégé, soutenu et pour qui j'avais sacrifié, sans rien demander, les années fertiles de ma vie.

L'horloge me rappelle à l'ordre. J'abandonne ma tasse de thé et quitte le livre de mes souvenirs pour plonger dans la réalité ; je dois travailler pour gagner ma vie. Je surgis de mon refuge alors que Billy Crusoé s'apprête à y entrer.

— Bonjour, Simone ! Comment se passe l'adaptation ?

Je suis tentée de lui demander : « Laquelle ? L'adaptation à ma nouvelle vie, qui est à réinventer, ou l'adaptation à mon nouveau travail, pour lequel j'ignore si je suis vraiment qualifiée ? » Bien sûr, je ne dis rien de cela et essaie plutôt de le rassurer sur ma grande capacité d'acclimatation, sur la facilité que j'ai à relever des défis, et blablabla. Si je n'avais pas été celle qui soliloque, j'aurais quitté cette conversation. Pourtant, Crusoé est toujours là. Il attend que j'épuise le CV improvisé de mes habiletés, puis il dit:

— J'aimerais qu'on convienne d'une chose, chère Vendredi...

Aussitôt, je suis sur mes gardes. Je ne respire plus.

— Ici, t'es pas obligée d'aller bien ni de faire semblant d'être heureuse. T'es pas tenue de tout savoir et tu peux poser toutes les questions que tu veux. On est d'accord?

J'inspire enfin.

— Euh... oui... d'accord.

— Très bien. Au travail, maintenant! Ça aussi, ça fait partie du contrat, ajoute-t-il en riant.

Puis il disparaît dans l'arrière-boutique et je reste figée, dans un état d'ahurissement total.

— Grosse journée! lance Alice en passant près de moi, le sourire en coin.

Je l'arrête dans son élan.

— Mais... Où suis-je?

Elle me regarde avec compassion.

— Là où le cœur guérit et où la tête se nourrit.

— Pardon?

— T'es dans une librairie, Simone. Ici, il y a tout ce qu'il faut pour soigner les maux et sustenter le cerveau.

Elle s'éclipse à nouveau, en vitesse, me rappelant étrangement le lapin à la montre d'*Alice au pays des merveilles*.

Je suis heureuse quand vient enfin l'heure du dîner. J'ai besoin de sortir de cet univers, pour l'observer de l'extérieur et vérifier qu'il existe vraiment. Je suis reconnue pour avoir un esprit cartésien. Je ne me suis jamais nourrie d'ésotérisme et de pensée magique. Je regarde toujours la réalité en face. Mais cette librairie, ses occupants... On dirait qu'ils sortent tout droit de mon imagination. Après tous ces mois à tergiverser avec l'idée de mettre fin à mes jours, je commence sérieusement à me demander si ma santé mentale n'est pas atteinte.

Je décide d'aller manger mon sandwich sur le bord du fleuve. Les effluves du Saint-Laurent ont toujours eu la capacité de remettre mes idées en place. Je me dis qu'il suffira de quelques grandes respirations et tout me paraîtra à nouveau normal. Je m'élance donc d'un bon pas vers le boulevard LaSalle, puis vers le parc qui longe le fleuve.

Le temps maussade et l'air frais de ces derniers jours de septembre ont découragé la majorité des promeneurs. L'endroit est presque désert. Je m'en accommode parfaitement. Je trouve un banc où m'asseoir et j'entrouvre le sac de papier brun contenant mon repas. Mon estomac se révulse. Comme si j'étais surprise. Depuis deux semaines, le thon n'est remplacé épisodiquement que par des œufs, dont l'odeur me lève également le cœur. Je me console en me disant que j'ai encore, au moins, les moyens de me payer des conserves en solde et des douzaines d'œufs avant leur date de péremption.

Je mange sans appétit. Parce qu'il le faut. Parce que j'ai été élevée comme ça. On a une bonne nouvelle, on mange. On a une mauvaise nouvelle, on mange. D'aussi loin que je me souvienne, manger a été le baromètre de ma santé : si je suis encore capable de me nourrir, c'est que je ne suis pas à l'article de la mort.

Je revisite ma matinée à la librairie. Mes échanges avec Alice et Billy Crusoé… Dans quel nid d'étranges humains suis-je tombée ? Ils sont bons, attentionnés, généreux, sans malice… Tellement qu'ils ne semblent pas vrais. Est-ce que je les imagine ? Mon état mental s'est-il dégradé au point où je ne suis plus capable de faire la différence entre le réel et l'imaginaire ? Entre les hallucinations et la réalité ?

Devant moi, le fleuve s'agite au rythme de ma mouvance intérieure, comme si nous étions liés. Bien sûr, il ne fait que réagir à la tempête qui se lève à l'horizon, mais j'aime l'idée que tout est interconnecté dans la nature. Les humains, les fourmis, les chats, le vent, ce tronc d'arbre, les vampires... Mon Dieu, je déraille ! Je deviens folle. Je ne trouve pas d'autre explication à l'apparition des vampires dans mon esprit. À moins que...

Mon cerveau a enregistré sa présence avant que je le voie. Il est maintenant trop tard pour lui échapper. Laurent Bernard prend place à côté de moi sur le banc.

— Simone !

Je suis étonnée qu'il se rappelle mon nom, même si j'ai été sa maîtresse pendant quelques mois, il y a plusieurs années. Mais qu'est-ce que je faisais avec cet homme ? Son interprétation d'une soirée à deux se limitait à moi qui lui faisais la cuisine, lui qui me racontait sa journée dans les moindres détails, sans s'intéresser à la mienne, et nous qui finissions au lit, où encore une fois je faisais tout le travail. Je crois qu'il ne s'est jamais assez intéressé aux femmes pour connaître l'existence du clitoris.

Il parle depuis qu'il s'est assis. Je ne l'écoute même pas. Je regarde ma montre et j'attends avec impatience le moment où je devrai lui dire que je dois retourner à la librairie.

— Ce serait bien de se revoir. Tu sais… t'es encore belle.

Je suis sur le point de m'offusquer, mais il ajoute :

— Je suis libre ce soir. Je t'invite chez moi !

Malheur ! Je salive déjà à l'idée du plat que je pourrais lui préparer : des linguinis aux palourdes de New York en papillote. J'en rêve depuis des semaines. Les *clams* de la Big Apple sont trop chères pour moi, mais lui… il a les moyens d'acheter la poissonnerie.

Je n'ai toujours pas répondu, ce qui lui fait croire que j'acquiesce.

— Dix-huit heures chez moi. Tu fais les courses ? Je te rembourserai. J'ai un après-midi trop chargé pour m'en occuper.

Il m'embrasse sur le front et repart d'où il est venu.

Je n'ai pas dit oui. Mais qu'est-ce que je fais, maintenant qu'il m'attend?

Je retourne à la librairie la tête basse. Il faut que je l'avoue: il n'y a pas que la bouffe qui m'a séduite dans sa proposition. Il y a le sexe. C'est fou comme le corps a besoin de contact charnel. De se faire toucher, caresser, empoigner. Et combien le cœur a aussi besoin de sentir que ce corps est désiré, souhaité, attendu, anticipé, rêvé… Dans mon état d'esprit actuel, la perspective d'une baise, même insatisfaisante, me sourit; il y a si longtemps qu'une main ne m'a pas effleurée. Probablement parce que le rapport que j'ai avec le sexe est identique à celui que j'ai avec la bouffe. Aussi longtemps que j'en ai, bon ou mauvais, je me considère comme en bonne santé.

En pénétrant dans la librairie, je me dis que j'ai l'après-midi pour changer d'idée, tout en sachant pertinemment que je n'en ferai rien.

Chargée comme un mulet, je sonne chez Laurent. Il m'ouvre, le sans-fil collé à l'oreille, me faisant signe de me taire. J'acquiesce silencieusement, puis il se dirige vers son bureau, dont il ferme la porte derrière lui pour continuer sa conversation en privé. Je suis plantée debout dans son entrée, des sacs d'épicerie plein les bras, mais mon cerveau doit avoir quitté l'appartement, car moins d'une minute plus tard je suis dans la cuisine à ranger mes achats et à planifier le repas.

En ce moment, je voudrais être la femme forte de mes aspirations, mais ce n'est pas le cas. J'ai cédé à une impulsion qui va aggraver mon état d'esprit. Demain, si je m'y rends, je serai en mille miettes. Mais ce soir, je vais exister aux yeux d'un homme. Il va savourer mes plats, il va désirer mon corps et j'aurai la preuve que je suis encore vivante.

On n'évolue pas toujours à la vitesse qu'on voudrait. Ni aussi vite que les autres le souhaiteraient. Malgré tout l'amour qu'ils mettent à nous conseiller, à nous encourager, à nous pousser parfois, on continue d'avancer à notre propre rythme. Certains sont doués pour le changement, moi, je suis de celles qui mettent une partie de leur vie à comprendre. Et même encore…

J'ai le temps de préparer le repas et de dresser la table avant qu'il ressorte de son bureau en râlant.

— Si tu veux qu'un travail soit mal fait, fais-le faire par quelqu'un d'autre !

— Dans ce cas-là, j'aurais peut-être dû te laisser cuisiner !

Je ne sais pas d'où c'est sorti. Les mots ont quitté ma bouche sans demander ma permission. Ils ont cependant atteint leur cible. Laurent me regarde comme s'il se demandait qui est la femme assise à sa table. Je ne trouve rien d'autre à ajouter que :

— Linguinis aux palourdes en papillote !

Je m'empresse de nous servir. Sans un commentaire sur le fumet exquis qui s'échappe du plat, sans un « miam ! » de satisfaction à sa première bouchée, Laurent reprend son soliloque là où il l'avait laissé cet après-midi. Quand il finit par daigner me prêter attention, il demande :

— Et toi ?

J'ouvre la bouche pour répondre quand il continue:

— Qu'est-ce que tu penses de mon projet?

Son projet? Mais j'en ai rien à cirer de son projet! Je n'ai même pas écouté ce qu'il a radoté. Je m'empiffrais de linguinis, par ailleurs excellents, et je ne pensais qu'à une chose... « OK! Il ne t'a pas complimentée pour le souper, mais, hé, ce soir tu vas baiser. Enfin, après tout ce temps, ton corps va vibrer. Ta peau va frémir. Ton cœur va bondir... » Mais qu'est-ce qui me prend? Est-ce que je veux vraiment que ce monstre d'égocentrisme me touche, me pénètre, m'utilise comme un dépôt à semence? Est-ce à cela que j'aspire, moi, Simone Vendredi?

— Ça va?

Ma gorge enflée de rage et ma figure congestionnée l'alarment.

— Simone?

Ce n'est pas de la sollicitude ni de la compassion. Il craint simplement que je meure dans son appartement. Eh oui! La vérité nous apparaît parfois comme une épiphanie.

— Pour le dessert... je me disais que tu pourrais manger mon sexe.

Sur le chemin du retour, je ris à gorge déployée. Je n'ai jamais vu quelqu'un afficher une expression aussi ahurie. Je pense, cependant, que c'est ma propre surprise qui me rend le plus hilare. Je ne peux pas croire les paroles qui sont sorties de ma bouche. Et l'audace que j'ai eue de le quitter aussitôt, le laissant avec les restes du repas et la vaisselle sale. Je ris tellement que je finis par pleurer.

Je ne sais pas si je suis soulagée ou si j'ai des regrets. Je vais manger du gruau le reste de la semaine, car je ne serai pas remboursée pour mes achats, et cette nuit je vais me lover contre mon chat pour étouffer le feu qui brûle dans mon ventre. Je suis à ce point perdue dans mes pensées que je rate mon avenue et aboutis à l'autre extrémité de Verdun. Mes pas m'ont menée jusqu'à la rue Manning sans que je m'en aperçoive. D'abord ma bouche me trahit, puis ce sont mes jambes.

Je m'engage dans la rue de mon enfance. Sans la plaque indicatrice au coin, je n'aurais pas reconnu l'intersection. Il y avait une épicerie à l'époque, à mi-chemin entre le magasin général de nos ancêtres et les dépanneurs qui allaient pousser comme des champignons. C'est là que, chaque soir en revenant de l'école, comme un bon petit soldat, je récupérais notre exemplaire de *La Presse.*

Je m'arrête net. Un bon petit soldat… Oui, j'en ai toujours été un. Et j'en étais fière. Je répondais promptement aux commandements, j'obéissais, je ne mentais jamais et, surtout, il ne me serait jamais venu à l'esprit de me révolter. J'étais tenue solidement en laisse, et ça ne me dérangeait pas. Du moment que les curés, l'école et mon père me percevaient comme un bon petit soldat. Quant à ma mère… elle n'avait pas d'opinion. Pas que je sache en tout cas.

L'exploration de la rue de mon enfance me fait oublier Laurent et le souper-désastre. Comme cet endroit m'a rendue heureuse ! Il y avait des arbres géants, des réverbères anciens, des balcons avec des colonnes et des rampes en bois. Il y avait mon amie et sa famille bruyante de vie…

Mon premier contact avec la Gaspésie s'est fait par cette famille à l'accent chantant comme la mer. Une smala à la beauté de ceux nés dans des paysages qui insufflent le bonheur mais apportent également leur part de misère. Un nid d'amour où les jours sombres sont repoussés à coups de festins de homards fraîchement pêchés. J'ai aimé cette famille comme si elle était la mienne. Je l'ai pleurée en silence quand mes études m'ont exilée ailleurs, même si ce n'était qu'une douzaine de rues plus loin. Une autre école, un horaire chargé, un monde…

Ce souvenir m'atteint plus que je ne l'aurais cru. Je commence à comprendre que l'image de la famille parfaite construite par mon père n'était qu'un mirage. Et que cette comédie, ou ce drame, je l'ai rejouée avec mes partenaires. Pourtant, la petite fille en moi a toujours su que les Caissy, c'était du vrai, un mélange d'imperfections et d'amour joyeux, partagé, senti. Un modèle à reproduire. Mais on ne suit pas toujours son instinct. J'aimais mes parents et ils ont fait du mieux qu'ils pouvaient. Ils m'ont tout donné, sans réserve. Ils ne pouvaient cependant pas m'offrir ce qui n'existait pas, ou plus, entre eux. Si une seule fois je les avais vus se regarder avec amour, avec désir…

J'y suis ! Le duplex de mes jeunes années me paraît minuscule. Les érables géants de la rue ont été abattus et remplacés par d'autres espèces encore immatures, et les balcons sont devenus le royaume du fer forgé. La poésie a disparu.

Je lève les yeux vers le deuxième, où nous habitions. Un petit logement de cinq pièces que mon père entretenait comme s'il en était le propriétaire. J'ai connu plus de quatorze maisons depuis, et même si certaines se sont effacées de ma mémoire, je me souviens de chaque détail de l'appartement de la rue Manning. Le *burlap* sur les murs du corridor, les planchers de bois franc qui sentaient la cire, la tourelle donnant sur la ruelle, la fournaise à l'huile avec son long tuyau qui parcourait le plafond du logis de l'avant à l'arrière, les fenêtres doubles qu'il fallait enlever au printemps pour installer les moustiquaires puis remettre à l'automne pour braver l'hiver. Je me rappelle tout de cette maison. Les Noëls, les anniversaires, les chagrins, les deuils… J'y étais heureuse, à l'abri de l'inconnu, du mal, du danger. Du moins, je le croyais à l'époque. Car je vivais dans la grande illusion, celle de la famille idéale de Walt Disney, celle de *Papa a raison.*

Laurent et le souper me reviennent en mémoire, mettant fin à ma revue du passé. Je presse le pas pour rentrer chez moi. Je ne me perds pas en chemin, mais je suis perdue.

J'ai survécu à la nuit encore une fois, mais je ne donnerais pas cher du reste de la journée.

Le réveil a sonné depuis une bonne demi-heure et je suis toujours écrasée dans mon lit, assommée par les pensées qui tournent en boucle dans ma tête. Je suis une femme intelligente, éduquée et, jusqu'à tout récemment, j'avais la capacité de séduire le plus résistant des hommes, mais le bilan de mes accomplissements est nul. Pourtant, en apparence, j'étais vouée au succès, à une vie familiale remplie et à un avenir enviable.

Je roule en bas du lit et me traîne jusqu'à la cuisine. Machinalement, je nourris mon chat, me prépare un café et allume la radio. « Les causes de l'explosion de la rue Wellington échappent toujours au Service de sécurité incendie. L'enquête a toutefois révélé qu'il est peu probable que la déflagration soit d'origine criminelle. Les recherches se poursuivent... »

Je maudis le jour où cette explosion a eu lieu, où j'ai été guidée vers cette librairie. Moi qui peinais déjà à garder la tête hors de l'eau... Ai-je besoin de toutes ces remises en question qui me chamboulent depuis mon embauche ? Je n'ai plus envie de chercher le pourquoi et le comment. Je veux juste dormir. Oublier tout. Peut-être devrais-je me laisser sombrer une fois pour toutes ? Arrêter de me battre contre vents et marées, me laisser couler, jusqu'au fond, jusqu'à mon lit de mort...

Le téléphone sonne. Je le regarde, résiste aux sonneries répétées. Je me déclare absente. Il n'y a plus d'abonnée à ce numéro, compris ?

Je fouille dans le tiroir de cuisine qui me sert de débarras. Il y a de tout. Des brochures de restaurants, des clous, un marteau, une vieille paire de lunettes, un ruban à mesurer, des numéros de téléphone sur des bouts de papier, des trombones, une bouteille de pilules...

Je la fixe, comme des douzaines de fois auparavant, sans jamais la sortir du tiroir. Je sais que, si je le fais, ce sera la dernière fois. La fois de trop. Celle où j'aurai basculé pour de bon. De l'autre côté, du bord de l'impensable. C'est fou comme les gens ignorent ce qui se trame en nous. Je jongle depuis des mois avec l'idée de m'enlever la vie et personne ne s'en est jamais aperçu. Pourtant chaque jour qui passe me rapproche du geste fatal. L'intimité qui s'est créée entre la mort et moi n'est presque plus gênante. La mort est devenue une amie.

Un vacarme insoutenable emplit soudain l'appartement. On frappe si fort à ma porte que je crois qu'on va la défoncer. Je crie sans crainte d'être entendue :

— Quoi ? On peut même plus mourir en paix ?

Les coups cessent et sont remplacés par une voix douce que je reconnais.

— Simone, c'est Alice…

Je jure entre mes dents et je referme le tiroir.

— Attends, j'arrive.

J'agrippe un peignoir à la hâte.

— Entre…

Je referme la porte derrière elle.

— T'es en retard.

— T'étais pas obligée de venir me chercher.

— Tu répondais pas au téléphone.

— J'étais déjà assez en retard. Je voulais pas perdre de temps.

Elle n'en croit pas un mot, c'est évident.

— Si tu le dis… Dépêche-toi, maintenant.

Puis, avec un geste autoritaire, elle me fait signe d'aller m'habiller. Je voudrais résister, mais je soupçonne qu'elle ne quittera pas mon appartement sans moi. Alors je lui obéis…

Comme un bon petit soldat.

En route pour la librairie, par dépit, honte ou orgueil, je me terre dans le silence. Mon manège n'influence pas Alice. Elle ne semble même pas remarquer mon mutisme, trop occupée à saluer les gens qu'elle rencontre sur notre passage. Tout Verdun connaît cette petite bonne femme à la fragilité apparente et à la force cachée. Avant de passer le seuil du commerce, elle se tourne vers moi et, le regard pénétrant, me dit:

— N'oublie pas… T'es pas toute seule. La mort est jamais une amie.

Elle tourne les talons, entre dans la librairie et, avec sa démarche rapide habituelle, fonce tout droit à l'arrière. Je suis sans mots. Elle sait. Comment peut-elle savoir? Mes plus vieilles connaissances n'ont rien perçu. Mais cette femme, que je connais à peine, m'a vue. Je ne suis plus invisible.

Je suis encore sur le pas de la porte, désarçonnée, quand des cris, dont les échos me parviennent jusque dans l'entrée, me happent. Alarmée, je me précipite à l'intérieur. Ce n'est qu'en arrivant près de la caisse que je saisis l'ampleur de la situation.

Un homme d'une cinquantaine d'années hurle au visage d'Amandine, qui, figée derrière le comptoir, attend qu'il ait terminé sa diatribe. La violence du monologue me frappe de plein fouet, mais l'air effaré d'Amandine fait resurgir ce qu'il reste de guerrier en moi. Comme la source du monologue de l'enragé ne semble pas près de se tarir, je décide de l'interrompre le plus poliment possible.

— Pardon, monsieur… Est-ce que je peux faire quelque chose pour vous ?

L'homme me fixe de ses yeux colériques. Je ne sais pas s'il veut me tuer ou me remercier d'être intervenue.

— Pouvez-vous expliquer à la fille derrière le comptoir que c'est pas parce que le livre est pas sur les tablettes que j'peux pas l'avoir ? Elle a juste à le commander !

Étonnée, je me tourne vers Amandine, qui fuit mon regard.

— Regardez ! crie l'homme. Elle arrête pas de faire ça.

Puis, il ajoute entre ses dents:

— Je comprends pas pourquoi ils restent pas chez eux, s'ils veulent pas travailler.

J'ai bien perçu son commentaire raciste, mais je choisis de l'ignorer.

— Amandine... as-tu offert à monsieur de commander le livre?

Amandine piétine. Quelque chose cloche. Je passe derrière le comptoir et m'installe devant l'ordinateur, prête à taper.

— Quel est le titre que vous cherchez?

— *Mein Kampf* d'Adolf Hitler.

Mes doigts figent sur le clavier. Il s'en rend compte.

— Êtes-vous sourde? *Mein Kampf*...

Puis il épelle les deux mots en détachant chaque lettre comme s'il parlait à une enfant. J'ai envie de le frapper. Je pioche plutôt sur les touches, puis je lui recrache ce que l'ordinateur a trouvé.

— Une version commentée avec des notes historiques explicatives a été rééditée en Allemagne. Je ne sais pas si c'est encore disponible. Je vais faire des recherches. Je peux avoir votre nom et le numéro de téléphone où vous joindre?

— Une version commentée? demande-t-il avec brusquerie.

Je plante mes yeux dans les siens.

— Oui, pour éviter son utilisation à des fins de propagande nazie.

Pendant un moment, j'ai l'impression qu'il va exploser.

— Laissez faire ! dit-il finalement en s'éloignant vers la sortie. Je vais trouver la vraie version sur Internet.

Il quitte la librairie en nous invectivant, Amandine et moi.

— Tu l'avais déjà vu ?

— Non, c'était la première fois, répond la jeune femme avec un léger tremblement dans la voix.

Je presse son avant-bras.

— Ça t'arrive souvent que les gens te fassent des commentaires racistes ?

Elle secoue la tête.

— Je mentirais si je disais que ça m'est jamais arrivé. Mais en général, les Québécois sont *cool.* Des épais, y en aura toujours.

— C'est vrai…

La livreuse de pizza de l'autre soir me revient en mémoire.

— … et ils surgissent là où on les attend le moins.

Elle regarde vers la sortie, et je peux voir une étincelle de crainte dans ses yeux.

— Pourquoi ils rééditent ces livres-là ? s'interroge-t-elle à brûle-pourpoint. Le génocide des Juifs leur a pas servi de leçon ? Ils ont oublié la Shoah ?

La réponse n'est pas simple. Je résume ce que je lis sur le site.

— Depuis la fin de la Seconde Guerre mondiale, les droits de *Mein Kampf* étaient détenus par l'État régional de Bavière, qui s'opposait à sa réédition, mais en 2016 le texte est passé dans le domaine public. C'est en prévision de cette expiration que la version commentée a été lancée.

— Dans quel but ? Ça fait pas plus de tort que de bien ?

— On peut facilement trouver des versions originales de *Mein Kampf*. La version commentée offre un contrepoids à celles qui circulent toujours.

Je vois qu'Amandine n'est pas convaincue. J'ajoute :

— L'essai d'Adolf Hitler a existé et a entraîné le peuple allemand dans les jours les plus sombres de son histoire. Tu ne trouves pas que c'est notre devoir de nous souvenir de l'Holocauste et de ce qui l'a précédé, préparé, provoqué ?

Amandine me fixe avec ses charbons ardents.

— Le devoir de mémoire… Seules les victimes y pensent, dit-elle tristement. Les autres se servent de l'Histoire comme d'un mode d'emploi.

Ce qu'elle affirme est lourd de conséquences. Faudrait-il oublier toutes les horreurs humaines par peur qu'elles en engendrent d'autres ? L'écrit est témoin de l'Histoire. Faudrait-il faire disparaître les écrits, les brûler ? Devrait-on revisiter l'Histoire de peur qu'elle se répète ?

— Amandine, je suis certaine que le fait de se rappeler les horreurs passées sauve plus de gens que ça ne produit de monstres. Si ces… perdus… ne s'inspirent pas de *Mein Kampf*, ce sera d'autre chose. Les individus à la pensée corrompue ont besoin de semblables pour se conforter dans leurs croyances.

— Mais ces « individus »… il a fallu que quelqu'un, quelque chose les corrompe à la base, non ?

Je réfléchis à sa question.

— L'ignorance, le manque d'éducation est le premier facteur, je crois.

— Peut-être… mais qu'est-ce qu'on fait des femmes et des hommes éduqués qui suivent des fous comme Hitler ?

— J'ai déjà lu quelque part que c'est dans le vide de la pensée que s'inscrit le mal. Peut-être qu'on peut trouver une réponse là. Tiens ! Pour contrer ça, il faudrait donner des cours d'empathie et de compassion dans les écoles. T'imagines le monde que ça créerait ?

Le visage d'Amandine s'éclaire.

— J'ai trouvé ton surnom.

— Pardon ?

— Tu vas être la Poétesse.

Je suis ahurie.

— La Poétesse… Pourquoi ?

— Parce que tu sais trouver la beauté.

Moi ?

— On a tous un surnom, ici. Guillaume, c'est l'Architecte. Alice, c'est la Guerrière. Moi, je suis la Résiliente…

Pour le prouver, elle se met à danser et à chanter en créole, avec l'insouciance des gens heureux. Au bout de quelques secondes, elle s'arrête.

— J'oubliais Philippe London ! Tu l'as pas encore rencontré, je pense. Lui, c'est…

Elle s'arrête, les yeux écarquillés.

— Oh ! Philippe, je vais te laisser le découvrir !

Puis elle a un fou rire, comme une adolescente.

Ne sachant pas quoi dire, je demande :

— Et Crusoé, lui ?

Elle cesse de rire et chuchote :

— C'est le Magicien.

La Poétesse ? Il va falloir qu'elle me trouve un autre surnom, parce que la poésie m'a quittée depuis longtemps. Pourtant, elle occupait tout l'espace autrefois…

Je ne parle pas de celle qu'on découvre dans les livres ni de celle que j'écrivais, adolescente. Je parle de celle qu'on trouve dans la pureté d'un rire d'enfant ou les brasillements de la mer les soirs de pleine lune. Celle inspirée par la fraîcheur du premier baiser ou par l'harmonie de l'aube, avant l'activité humaine. La poésie qui naît de la légèreté d'un cœur qui a pardonné et de la fragilité de l'empathie. Cette poésie des élans, des humains, de la nature… je ne la perçois plus. Elle a été remplacée par les indélicatesses, les violences et les attaques qui pleuvent de tous côtés, jour après jour, dans ma vie et celle du monde qui m'entoure. La cour est pleine, n'en jetez plus. Je suis enterrée vivante.

Si je pouvais un seul instant voir mon existence comme un long poème célébrant la beauté, l'harmonie et la compassion, j'aurais la preuve que tout n'est pas perdu. Mais…

Je suis égarée dans mes réflexions quand je l'aperçois qui pousse la porte de la librairie.

— Allô, Simone.

Il me semble plus petit que la dernière fois. Moins allumé aussi.

— Bonjour, Manu. Ça fait longtemps…

Il garde la tête baissée. Comme quelqu'un qui a abdiqué. Je m'approche et lui prends doucement le menton. Il ne résiste pas. Je relève sa tête. Ses yeux sont sans couleur. Le mascara et l'ombre à paupières ont disparu. Je caresse sa joue.

— Veux-tu me raconter?

Il ne répond pas. Je m'empare de sa main et l'emmène tout au fond, où Crusoé a installé une table et des chaises. C'est là qu'ont lieu les lectures et conférences des auteurs invités. Une sorte de cocon, un endroit d'intimité. Je prends place sur un fauteuil et l'invite à s'asseoir devant moi. J'attends qu'il se décide. Il ouvre finalement la bouche et m'avoue, dans un murmure déchirant:

— Il y a plus de poésie dans ma vie...

C'est vraiment un mini-moi. Il me crève le cœur. Cependant, pour la première fois de mon existence, je sens que je suis exactement là où je devrais être. Je me penche, l'enlace et lui chuchote à l'oreille:

— Est-ce que tu te contenterais d'une poétesse?

Il s'éloigne et je vois la lumière poindre dans ses prunelles.

— T'écris des poèmes?

— J'en écrivais quand j'avais ton âge. Je peux te montrer comment, si tu veux.

Il hésite.

— Je vais te confier un secret... En fait, je vais partager avec toi une découverte que je viens tout juste de faire.

Il se redresse sur le fauteuil, attentif.

— Ce sera notre secret. T'es prêt?

Il hoche la tête, solennel.

— La poésie est en dedans de nous. Elle peut pas disparaître. Quoi... qu'il... arrive.

Ses yeux intenses n'ont pas cessé de me fixer. Il me confie, presque inaudible:

— Mon père a jeté mon maquillage. Il dit que les garçons se maquillent pas et portent pas de bas roses. Mais j'aime ça, le rose...

Et moi, j'aime cet enfant de toutes les fibres de mon être.

— La poésie, mon petit Manu, est pleine de rose, de bleu, de mauve, mais aussi de noir, de gris et de violet. La poésie, c'est une peinture du monde en mots. Avec elle, tu peux imaginer l'existence de la couleur que tu veux. Avec des noirs et des gris quand t'es triste, avec des rouges et des orange quand t'es en amour, ou avec des roses et des bleus, si tu préfères. Tu choisis tes couleurs. Et ce qui est merveilleux avec la poésie…

Il est suspendu à mes lèvres.

— … c'est que personne est obligé de savoir que t'en fais. Puis, un jour, quand t'es adulte, ou quand tu te sens prêt, tu hurles ta poésie à la face du monde.

— Hurles ? répète-t-il, étonné.

Je souris.

— Oui, hurles.

Alors, dans un élan du cœur, il crie à pleins poumons :

— J'aime le rose ! J'ose !

Je lui fais signe de baisser la voix et je chuchote :

— Tu vois… tu rimes déjà !

On rit un bon coup.

— Bon ! lance-t-il en se levant. Il y a pas juste la poésie dans la vie, il y a les devoirs aussi !

Il s'arrête, surpris.

— Je rime encore !

Il s'éloigne vers la section jeunesse en rigolant comme seuls les enfants savent le faire. Même dans les moments les plus noirs.

Le reste de la journée s'est déroulé à la vitesse de l'éclair. Comme nous desservons les collectivités et que c'est la rentrée scolaire, Alice en avait plein les bras, alors nous lui avons donné un coup de main. Entre les clients et mes allers-retours à l'arrière, je n'ai pas eu le temps de penser à mes noirceurs matinales…

C'est comme ça que j'ai baptisé mes conversations intimes avec la mort. Elles n'ont pas lieu le soir ou pendant la nuit, comme pour une bonne majorité des suicidaires. C'est presque toujours le matin. Parce que l'optimiste qui survit encore en moi accueille la nuit en croyant à la promesse d'un jour nouveau, mais elle se retrouve atterrée au matin parce que l'horizon est toujours aussi bouché, le tunnel aussi sombre.

Je vérifie la cuisson des spaghettis. J'ai déniché une boîte de sauce tomate dans l'armoire, à laquelle j'ai ajouté des légumes achetés à rabais sur le chemin du retour à la maison. Un festin qui n'était pas au menu – je ne devais manger que du gruau –, mais je me permets cette incartade à mon budget. Je vais manger mes émotions, même si je dois me retrouver à la rue !

Le résultat de mes préparatifs est tout simplement délicieux. Je sais *pimper* une sauce tomate comme nulle autre. Une pincée d'origan, des olives noires, quelques filets d'anchois... J'ose même ouvrir la bouteille de Peppoli que je gardais en réserve. Je savoure mon repas en silence, sous les yeux quémandeurs de mon chat, tout en appréciant l'impression de légèreté... Légèreté ? La fourchette dans les airs, la bouche grande ouverte, je fige. Mais qu'est-ce qui m'arrive ? J'aurais le vin joyeux maintenant ?

J'abandonne mon plat et me lève. Je fais le tour de l'appartement à la recherche de je ne sais quoi. Après un moment à tourner en rond, je m'immobilise. Cette sensation qui tente de germer en moi, ce courant qui traverse timidement mon corps ressemble étrangement à de l'espoir...

De l'espoir ! Je suis terrorisée. Je ne bouge pas de crainte que cette graine de bonheur, plantée à mon insu, se rende compte qu'elle est dans une terre infertile. La tension délaisse peu à peu mes membres, je deviens molle comme de la guenille. J'ai à peine le temps de me rendre à ma chambre que je m'écroule sur mon lit au ralenti, comme dans un film. Le cerveau à *off*, le sommeil me submerge comme un raz de marée, m'emportant dans une nuit sans rêves.

J'arrive à la librairie avec dix minutes d'avance. Comme je me dirige vers le royaume d'Alice pour y déposer mon imperméable, j'entends une voix dans mon dos.

— Bonjour !

Je me tourne en direction de la voix, que je ne reconnais pas.

— Philippe London, dit l'homme en venant vers moi, la main tendue.

— Simone Vendredi...

Je serre sa main mollement, hypnotisée par l'humanité qui se dégage de ses yeux. Je jette distraitement :

— Vous êtes le fameux Philippe...

— Fameux ?

Il rit.

— On dirait que j'ai une réputation.

Je me rends compte que je tiens toujours sa main. Je la lâche promptement.

— Vous remplacez Guillaume ?

— Oui, il a un examen. Et tu peux me tutoyer.

J'acquiesce. Je ne trouve rien à ajouter.

— Excuse-moi... Je vais accrocher mon manteau.

— Pas de problème.

Il retourne derrière le comptoir, où il s'installe avec un livre. *Le Songe d'une nuit d'été*, de Shakespeare. Il regarde dans ma direction. Je détourne aussitôt la tête et m'éloigne vers l'arrière. Alice m'apostrophe dès que mon visage apparaît dans l'entrebâillement de la porte.

— Et ?

— Et quoi ?

— Fais pas l'innocente.

J'accroche mon manteau sur la patère.

— Il a l'air gentil.

— C'est tout ? demande-t-elle, incrédule.

— Qu'est-ce que tu veux que je te dise ? Je viens de le rencontrer. On a juste eu le temps de se présenter.

— T'as pas remarqué ses yeux ?

Mon silence répond éloquemment à sa question. Satisfaite, elle conclut :

— Le contraire m'aurait étonnée.

Et elle se remet au travail. Je tourne la tête en direction de la porte et de l'avant de la librairie, où il se trouve.

— Amandine m'a confié que vous avez tous un surnom.

— Oui. Le mien, c'est la Guerrière.

— Je sais, Amandine me l'a dit. Elle a même inventé le mien…

— Ah oui ? C'est quoi ? Je t'avertis, va falloir que le groupe l'approuve.

Je délaisse mon observation de la porte.

— La Poétesse.

Elle réfléchit.

— C'est pas fou, si on considère que la poésie est l'expression d'une souffrance cachée.

— Tout le monde a sa définition de la poésie…

— Ce qui rend ton surnom encore plus intéressant.

Je sourcille mais retourne à ma contemplation de la porte qui me sépare de cet inconnu étrangement troublant.

— Amandine ne m'a pas donné le surnom de Philippe. C'est quoi ?

Comme elle ne répond pas, je me tourne de nouveau vers elle. Elle me fixe avec une étincelle de malice dans l'œil.

— Alors, c'est quoi ?

Elle me fait languir encore un peu, puis…

— On l'a surnommé… l'Élégant.

Ai-je bien entendu? L'Élégant? Moi qui n'ai jamais cru aux signes de l'univers, je vais devoir réviser mes croyances… ou ma médication.

Je n'ai pas encore mentionné mon pilulier. Ma petite boîte de bonheur prêt-à-porter. Antidépresseurs, gélules d'oméga-3, vitamine D, vinaigre de cidre en cachets, ail en pilules… Tout pour booster le système immunitaire et le moral! C'est mon régime depuis ma séparation.

Quoi? Croyiez-vous que, la première fois que la lumière s'est éteinte au bout du tunnel, je n'ai pas cherché de l'aide? J'ai vu mon médecin, et il m'a dit que je faisais une dépression à la suite d'une rupture difficile. Il m'a ensuite prescrit des antidépresseurs en me promettant que je m'en remettrais. Je l'ai cru. Le tunnel n'a pas disparu, mais la lumière est revenue. Pendant un moment. Puis, peu à peu, elle s'est estompée, jusqu'à s'éteindre sans que je m'en rende compte. Et la noirceur est devenue mon amie…

— Simone ! Il y a personne sur le plancher ! Grouille !

Alice m'interpelle, cachée derrière son fort de boîtes de livres. Je sors en vitesse. Je n'ai pas sitôt quitté l'arrière-boutique que je suis apostrophée par une femme au physique imposant.

— Je comprends pas pourquoi vous avez pas le dernier Michel Jean.

— Vous parlez de *Kukum*? On en avait une dizaine, mais ils se sont envolés. Je peux vous le commander.

— On trouve jamais rien dans votre librairie.

Combien de fois ai-je entendu ce commentaire, ici et chez mon ex-employeur ! Celui qui lit rarement ou uniquement les gros succès a peu de problèmes de ce genre. Mais le lecteur aventureux à l'affût de nouveaux univers ou simplement celui qui lit ce qui se publie en dehors des succès de librairie se retrouvent confrontés à la loi du marché québécois de l'édition.

Je tente d'expliquer la situation à la dame, mais elle s'énerve de plus en plus. Je ne comprends pas pourquoi elle est si énervée. Elle se promène d'une étagère à l'autre en marmonnant et en replaçant les livres pour qu'il n'y en ait pas un qui dépasse. Je lance des regards effarés autour de moi. Personne pour m'aider. Philippe est occupé à la caisse, Alice est à l'arrière…

— Madame, je vous promets, c'est facile de le commander.

Voulant me faire rassurante, je pose une main sur son avant-bras. Elle réagit si vivement qu'elle fait tomber une pyramide de livres derrière elle. Son agitation prend alors des proportions alarmantes. Compulsivement, elle ramasse les livres et tente de refaire la pyramide, mais elle n'y parvient pas. La construction s'effondre à répétition. Je suis sur le point de crier à l'aide quand j'entends une voix derrière moi qui répète doucement :

— Madame Côté… Madame Côté…

C'est Crusoé, apparu de je ne sais où. Il me fait signe de reculer de quelques pas. J'obtempère aussitôt.

— Madame Côté… C'est ça que vous cherchez ?

Il lui montre le livre qu'il tient. C'est *Kukum*. Il chuchote dans ma direction :

— J'avais gardé un exemplaire pour elle.

La femme s'est immobilisée. Elle flotte entre deux mondes, entre sa réalité et la nôtre. Finalement, elle tend la main pour prendre le livre.

— Merci. Excusez-moi. Je suis désolée.

Puis elle s'éloigne pour payer. Je tourne la tête vers Crusoé.

— Qu'est-ce qu'elle a ?

— C'est une anxieuse chronique avec des tocs. Pas facile d'être surdouée…

— Elle est surdouée ?

— Oui… Si je me souviens bien, elle a trois doctorats.

Le courage de cette femme m'impressionne.

— Comment tu sais ça ? C'est une amie ?

— Non… juste une cliente.

Juste une cliente ? Il en sait plus sur elle que la majorité des gens qui me connaissent en savent sur moi.

— Je comprends pas…

Crusoé me fixe un moment. Je ne vois pas de jugement ni de pitié dans son regard. Il ne fait que me voir.

— C'est simple, Simone. Quiconque entre dans cette librairie a mon entière attention, qu'il s'agisse d'un client ou d'un employé. Je tiens un commerce qui a accès au savoir du monde. Si je peux aider quelqu'un, éclairer sa route, même changer sa trajectoire, pourquoi je le ferais pas ?

— C'est ça que tu fais avec moi ? Changer ma trajectoire ?

Il sourit.

— Pour ça, il faudrait que tu le veuilles, Vendredi.

Et il me laisse en plan.

Changer de trajectoire... Mais ma maudite vie n'en a jamais eu, de trajectoire ! Je m'en rends bien compte à présent. Elle est comme une feuille charriée par le vent, un vent dominant, qui en fait à sa guise depuis qu'elle s'est détachée de l'arbre !

En quittant le foyer familial, j'ai cru que j'étais enfin libre, que mes ailes se déploieraient et qu'il n'y aurait pas de limites à ce que je pourrais faire. J'y ai tellement cru que ça m'a pris quelques relations amoureuses et plusieurs années d'insatisfaction profonde pour m'apercevoir du contraire. Pour comprendre enfin qu'en sortant du giron un gigantesque coupe-ailes, légué de génération en génération, m'attendait au tournant. Simplement parce que j'étais une femme.

Mon père m'a toujours assuré que je pourrais réussir tout ce que j'entreprendrais, pourvu que je sois éduquée. Il a travaillé fort pour ça. Et j'ai fourni tous les efforts requis, même davantage. J'ai continué sur cette voie une fois sur le marché du travail. Je n'ai jamais compté mon temps. J'étais dévouée. Certaine qu'au bout du compte mon assiduité et mon talent seraient récompensés. Convaincue que mon père avait dit vrai.

Pauvre papa ! Tu as cru toutes ces années que c'était ton manque d'éducation qui t'avait empêché de réaliser tes rêves, alors que tu étais de ces hommes voués au même sort que celui des femmes. Tu ne faisais pas partie du vent dominant.

Un homme surgit brusquement devant moi et m'oblige à sortir de ma tête.

— Est-ce que vous avez le dernier Jean-Marc Desgent ?

J'acquiesce et lui fais signe de me suivre dans la section réservée aux poètes québécois.

— Voilà !

Je lui tends *Misère et dialogue des bêtes.*

— Oh, merci ! C'est un de nos meilleurs poètes. Vous savez qu'il est de Verdun ?

— Non, je l'ignorais.

— On a étudié ensemble à l'école secondaire Monseigneur-Richard. Vous savez, l'édifice sur Gordon qu'ils ont converti en condos ?

— Ah…

— C'est émouvant, quand même.

— Quoi ?

— De savoir qu'il est devenu un si grand poète. Il a piqué ma curiosité.

— Vous n'auriez pas deviné ?

Il réfléchit un moment.

— Peut-être… Il parlait comme un poète.

Ça me fait sourire.

— Et ça parle comment, un poète ?

— Plus grand que nature. C'était jamais banal, jamais ordinaire. Desgent était inspiré… ou inspirant. Je sais pas trop comment décrire ça.

Puis il s'éloigne vers la caisse. M'abandonnant avec une nouvelle définition de la poésie et des poètes.

Ce qu'il y a de merveilleux avec le travail, c'est qu'on peut, avec un minimum d'effort et un maximum de bonne volonté, s'y noyer et oublier le reste. J'ai navigué dans ma journée comme une championne. Les clients se sont succédé à un rythme régulier et, avant que je m'en rende compte, il était déjà dix-huit heures. Tout a conspiré à me faire oublier la présence de l'Élégant.

De retour à la maison, je prends une douche puis monte sur le pèse-personne, sans grand espoir d'y voir apparaître les chiffres magiques, ceux qui mettraient un sourire sur mes lèvres. Existent-ils de toute façon ? J'ai déjà ressemblé à un cure-dent tellement j'étais maigre, et mes pesées journalières me faisaient quand même suer. Je ne crois pas qu'il y ait une seule balance au monde capable de me donner une image satisfaisante de ma personne.

J'enroule mon corps déjà enveloppé dans une immense serviette de bain et je me traîne jusqu'à la cuisine dans l'espoir de trouver de quoi me faire à manger. Mais mes armoires sont vides et mon frigo leur ressemble. Ce n'est pas que je n'ai pas d'argent, cette fois. J'ai reçu mon chèque de paye et, comme j'ai réglé mes factures avec le dernier et que je vais prendre le loyer sur le prochain, en principe celui-ci doit servir à manger. Je n'ai juste pas pris le temps de faire les emplettes. Je tergiverse à savoir si je vais me rhabiller pour aller à l'épicerie ou me faire livrer du chinois quand le téléphone sonne. Je réponds sans regarder l'afficheur, absorbée par mon dilemme. C'est mon ex.

— Allô, t'es là ? demande-t-il après un long moment de silence.

Je réussis à articuler :

— Oui…

J'entends son garçon qui s'amuse quelque part dans la maison.

— Jacqueline et moi, on a…

Jacqueline est la mère de son fils. La femme qui partage maintenant sa vie. Elle a réussi là où j'ai échoué. Je ne parle pas des enfants, je ne pense pas que j'en voulais. Je suis de celles qui croient aux traumatismes parentaux transmis dans l'utérus. Mon héritage était lourd, beaucoup trop lourd pour l'imposer à ma progéniture. Non, les enfants ne sont pas en cause dans la réussite de Jacqueline… C'est le « on ».

On, nous… Deux syllabes qu'il n'a jamais prononcées devant moi. Nous marchions côte à côte sur des voies parallèles, qui ne se sont jamais croisées pour former le « nous ». Étrange pour une supposée dépendante affective…

Une autre des violences invisibles de nos derniers moments : il m'analysait. Je dirais « vicieusement ». Il me racontait ses discussions avec « une amie » sur le bouquin *Ces femmes qui aiment trop*, ou alors il me parlait d'une « autre amie » qui avait des problèmes de dépendance affective… Chaque fois, il s'organisait pour me donner l'impression qu'il parlait de notre relation, de moi. Il cherchait tout simplement des raisons à son départ, autres que son absence d'amour. Il n'aurait eu qu'à me le demander. Je lui aurais fourni mille raisons de mettre fin à notre simili amour, mais la dépendance affective… C'est vrai que la psychologie n'a jamais été son fort. Pour ça, il faut s'intéresser aux autres.

— Pardon ?

Je n'ai pas entendu un seul mot de ce qu'il a radoté.

— Je disais que, finalement, on…

Encore !

— … on se demandait si la toile serait pas chez toi.

— Quelle toile ?

Je perçois son soupir d'impatience.

— Celle dont je te parle depuis dix minutes.

J'allume. Il veut récupérer un tableau qu'il m'a donné.

— T'es sérieux ?

— Quoi ? Je l'ai payée.

— Et tu me l'as offerte.

Soudain, c'est le silence à l'autre bout.

— Allô, t'es là ?

Il reste silencieux un moment, puis…

— T'es certaine ?

Je me souviens encore d'un stupide toutou, acheté pour des pinottes, que je lui avais donné au début de notre relation. Comment peut-il oublier une toile chèrement payée qu'il m'a offerte en cadeau d'anniversaire moins d'un an avant notre rupture ? Je la brûlerais sur-le-champ tellement la colère m'étouffe. Peut-on manquer d'empathie à ce point ? Il s'impatiente.

— Je te demande si t'es certaine !

— Je suis aussi sûre de ça que du fait que cette conversation est terminée.

Je coupe la communication.

Et je sais que, cette fois, c'est pour de bon.

L'automne me fait craindre le pire. Malgré la joie enfantine que suscitent en moi les couleurs des érables, l'arrivée de cette saison, comme un prophète de malheur, annonce aussi la noirceur de novembre, lorsque les arbres sont dégarnis et que le temps se fait gris, sale, ténébreux.

Le mois des morts… Cet héritage du catholicisme rend la saison encore plus morbide. Pas surprenant qu'il y ait tant de suicides à cette période de l'année.

J'inspire profondément et tente de me concentrer sur l'émission matinale à la radio. « L'énigme entourant l'origine de l'explosion de la rue Wellington à Verdun n'est toujours pas résolue. L'incendie criminel écarté, les enquêteurs sont maintenant à la recherche de plans souterrains de la ville qui pourraient peut-être expliquer le phénomène... »

Je songe que c'est quand même étrange qu'ils ne trouvent pas les causes de la déflagration. Ils en connaissent tellement sur les explosions, les modèles de propagation du feu, les combustibles... Aujourd'hui, ils ont tant de moyens d'analyse à leur disposition. On serait presque tenté de croire que des forces obscures sont à l'œuvre dans cette histoire.

En pénétrant dans la librairie, je jette un rapide coup d'œil pour voir qui est à la caisse. Guillaume a repris son poste et Philippe London s'est évanoui dans la nature aussi vite qu'il était apparu. Je me dis que c'est aussi bien comme ça. Je pourrais m'enticher de lui et, comme des dizaines d'autres fois, m'inventer une relation amoureuse. Non ! Je n'ai pas besoin d'ajouter un chagrin d'amour à mon tableau noir.

— Allô, Guillaume ! Et puis, tes examens ?

— Super ! J'étais bien préparé. Philippe, lui, il a bien fait ça ?

Je fige sur place. Pourquoi me parle-t-il de Philippe ? Devant mon air chiffonné, il précise.

— Il aime pas tellement faire la caisse. Il préfère aider les clients.

— Ah… Il y a pas eu de drame. J'imagine que sa journée s'est bien passée.

Je fuis à l'arrière déposer mon manteau et cacher mon trouble.

— Tu fais une drôle de tête, toi.

Décidément, ce n'est pas mon jour. Et Alice n'en manque pas une.

— C'est mon air normal d'automne.

— L'automne et son mois des morts.

Encore ! Elle me voit dans tous mes recoins. Pas possible de me sauver d'elle.

— Ça va passer…

Elle me fixe. Je m'offusque.

— Je suis là, non ?

Elle sourit.

— Comme un bon petit soldat.

Là, elle lit carrément dans mes pensées. J'accroche mon manteau et je quitte la pièce en vitesse avant qu'elle me prédise mon avenir. Je suis déterminée à faire la lumière sur cette librairie et ses occupants quand je reviens vers Guillaume, installé derrière le comptoir, occupé à compter sa petite caisse.

— Pourquoi vous avez surnommé Alice la Guerrière ? À cause de son passé ?

— Tu parles de la violence conjugale ?

— Oui…

Il signe le formulaire qu'il a rempli, le glisse dans la caisse enregistreuse et referme le tiroir.

— C'est pas pour ça.

Surprise par sa réponse, je demande :

— Pourquoi, d'abord ?

— Parce qu'elle combat à la place de ceux qui n'en peuvent plus.

Il enchaîne pour clarifier :

— Elle se bat pour les blessés le temps qu'ils regagnent des forces.

Je ne comprends toujours pas, et il le voit.

— Alice... Elle sait quand t'es plus capable de te battre, quand t'es au bout du rouleau et que t'as juste une envie... Elle s'interpose entre la mort et toi.

Il s'arrête et sourit.

— Elle s'est battue pour moi. C'est comme ça que j'ai trouvé son surnom.

J'essaie de mettre de l'ordre dans mes idées, mais je n'y parviens pas.

— Et toi, qui t'a baptisé l'Architecte ?

— Philippe.

— Ah oui ? Pourquoi ?

Son visage s'éclaire.

— Il paraît que ça prenait un architecte pour reconstruire le casse-tête d'une vie comme la mienne. Il dit que j'ai un don pour créer le bonheur.

Il s'arrête et son visage devient sérieux.

— Aurais-tu besoin d'un architecte, Simone ?

Je ne réponds pas à sa question. Je me contente de m'enfuir parmi les rayonnages de livres.

C'est intolérable d'être invisible, mais être vu… ça demande une bonne dose de courage. Celui de faire face aux autres dans sa nudité. Et ça exige de la force. Celle de ne pas se juger soi-même trop durement.

Avoir de l'empathie envers soi… ce n'est pas simple. Et en ce moment, cette tâche me paraît insurmontable. Comment ne pas juger ma faiblesse ? Ne pas exécrer mon incapacité à survivre dans un monde devenu rude et insensible, où le moindre prétexte sert à insulter, à injurier, quand ce n'est pas à détruire l'autre ? Comment ne pas me trouver lâche alors qu'une multitude d'individus naviguent dans ce marais d'ignominies avec aisance, sans jamais sombrer ?

Comment avouer qu'on a besoin d'aide ?

J'ai d'abord cru qu'il s'agissait d'un enfant tellement les pleurs étaient faibles, mais en contournant la section des romans étrangers, je la vois. Son front repose dans la paume de sa main appuyée contre l'étagère et elle sanglote. Élancée, de longs cheveux noirs qui tombent en cascade sur son dos, vêtue d'un trench de gabardine, on dirait un mannequin prenant la pose. La magnificence de la douleur… C'est le nom que je donnerais au tableau si j'étais peintre.

— Avez-vous besoin d'aide?

Rapidement, elle essuie les larmes sous ses yeux, puis se redresse et se tourne vers moi. C'est une Japonaise d'une beauté fulgurante. J'aimerais trouver les mots pour traduire ce que je ressens en voyant son visage, mais j'en suis incapable.

Sa beauté n'est pas de ce monde. Elle nous projette hors du temps, dans des contrées célestes où les mots n'ont plus lieu d'être, où seul le ressenti existe.

— Désolée... Je... J'ai...

Elle est embarrassée. Elle veut disparaître. Fuir le témoin de sa douleur. J'essaie d'alléger son fardeau.

— Vous êtes pas la première. Étonnamment, c'est toujours dans cette rangée-ci que les larmes sont versées.

Elle regarde l'intitulé de l'étagère. Sciences occultes. Elle rit timidement. Je l'accompagne.

— Je soupçonne que «jeter un mauvais sort à la personne qui nous fait souffrir» est la motivation première pour se retrouver dans cette rangée. Il y a de puissants sortilèges dans certains de ces livres...

Elle esquisse un dernier sourire, puis son visage reprend les couleurs du malheur qui l'habite.

— Je... je cherche un livre d'Haruki Murakami... *Le Meurtre du commandeur.*

— Vous savez qu'il y a deux tomes?

— Oui... Je veux les deux.

J'acquiesce et me dirige vers la section des romans étrangers. Je l'entends derrière moi. Son pas est discret comme un murmure.

— Tome 1 et tome 2, dis-je en retirant les volumes de la tablette.

Elle s'empare des livres et s'éloigne, tête baissée. Quelques secondes plus tard, alors qu'elle devrait disparaître de ma vue en tournant dans la section jeunesse, je la vois qui revient vers moi. Son désarroi semble si grand que je m'en inquiète.

— Madame...

Elle agrippe mon bras pour ne pas tomber. C'est un roseau courbé en deux par un vent dévastateur. Son cri est silencieux.

— Je peux vous aider ?

Entre ses pleurs, elle me livre des bribes de son malheur. Elle ne voulait pas se donner en spectacle, ce n'était pas son intention. Elle n'avait pas prévu que la section jeunesse aurait cet effet sur elle. Il faut que je comprenne, elle venait ici tous les dimanches avec sa fille pour qu'elle se choisisse un livre. Sa Yuki. Sa « petite neige » née au Québec. Son enfant emporté par le sale crabe.

C'est presque impossible de croire que tant de beauté puisse cacher tant de douleur. Au bout d'un moment, je l'aide à se redresser.

— Merci, murmure-t-elle simplement. Plus personne ne veut en entendre parler. Même mon mari, son père... Il faudrait que j'avance, que je reprenne ma vie en main, mais comment on fait pour survivre à la mort de son enfant ? J'ai tout lu sur le sujet. J'ai consulté des psychologues, fréquenté des groupes de soutien... Je n'y arrive pas.

L'incapacité à survivre, quelle qu'en soit la cause, mène au même résultat : un sentiment d'impuissance si grand qu'on croit qu'il est impossible de le surmonter. Je peux compatir.

La femme parvient à retenir ses larmes, du moins jusqu'au prochain déversement. Je songe aux livres dans ses bras.

— Savez-vous qu'après un traumatisme majeur il arrive que les gens perdent la mémoire de ce qui l'a causé ?

Elle secoue la tête.

— Il paraît que c'est un mécanisme de défense du subconscient et que la mémoire revient quand la personne a retrouvé la force nécessaire pour affronter le drame.

Je pointe ses Murakami.

— C'est peut-être sage de vouloir plonger dans l'univers d'un autre en ce moment. Voyager dans des souliers étrangers, vivre des vies qui ne sont pas la vôtre…

Elle demeure silencieuse, comme si elle soupesait ce que je viens de dire.

— Peut-être…

Elle regarde à droite et à gauche. Elle veut quitter la librairie, mais elle ne sait pas par où passer pour éviter ses souvenirs.

— Je peux payer pour vous si vous avez une carte. Vous n'aurez pas à…

Je ne termine pas ma phrase. Je sais qu'elle a compris.

— Merci.

Elle fouille dans son sac et me donne sa carte. J'y lis son nom. Arisa Nakamura.

— Vous avez un joli prénom. A-t-il une signification ?

Elle a un sourire infiniment triste.

— La femme aux secrets.

La femme aux secrets... Sa présence ne me quitte plus.

L'image de ce corps frêle, ployé en deux sous le poids du chagrin, est imprimée au fond de ma rétine. Peu importe le nombre de fois que je ferme les yeux, elle ne s'en va pas.

Il y avait une telle noblesse dans son total abandon au malheur, une telle pureté dans sa douleur…

Ça frôlait la poésie.

À mon premier jour de travail, Crusoé m'a souhaité la bienvenue dans sa famille. Je ne savais pas à quel point elle était nombreuse.

Tous les clients qui passent la porte de la librairie en font partie. Vieillards solitaires, femmes en détresse, enfants turbulents, étudiants stressés, lectrices enthousiastes, adolescentes troublées, professeurs ténébreux… Ils viennent ici pour vivre une aventure. Parfois, elle se cache dans les livres qu'ils achètent, parfois elle est dans la sollicitude humaine qu'ils rencontrent sur place.

Est-ce ce qui m'arrive ? Ai-je abouti ici pour vivre l'aventure d'une vie ? Celle qui donnera un sens à tout ce qui m'est arrivé ? Qui m'élèvera et me propulsera dans l'avenir au lieu de me tirer vers le bas et une mort certaine ?

À moi de décider.

L'Action de grâce me fout le cafard. Depuis toujours. Cette obligation de faire semblant qu'on est reconnaissant pour ce que la vie nous apporte ! Doit-on être empli de gratitude quand elle nous sert un buffet de malheurs ? Est-ce vraiment nécessaire de mettre le doigt sur le bobo ?

Je suis toute à ces considérations quand j'arrive au travail, pour me rendre compte que c'est le branle-bas de combat car, justement, à la librairie, on fête l'Action de grâce. Je veux retourner chez moi illico, mais Alice m'agrippe le bras et, sur un ton qui n'admet pas de réplique, me commande de sortir des rayonnages une centaine de livres jeunesse, puis d'en faire la liste. Je résiste.

— Pourquoi ?

Elle soupire.

— Aujourd'hui, on rend grâce pour la nourriture qui nous est donnée…

Elle pointe en direction du comptoir couvert de tartes à la citrouille.

— … en nourrissant les jeunes esprits à notre tour. Chaque enfant qui viendra partager notre table recevra un livre.

— On va donner les livres?

Je n'en reviens pas.

— Mais ça va coûter une fortune!

— T'en fais pas pour ça, me dit Alice avec un clin d'œil, on a un ange gardien. Allez! Va me chercher des livres. Et des albums. Oublie pas les albums! Il faut que tout soit prêt pour la grande fête à dix-huit heures.

De bonne grâce, je me mets à l'ouvrage. Je passe en revue tous les livres et les albums que nous avons et j'en choisis près d'une centaine, dont je note consciencieusement les titres sur une feuille avant de les retirer des tablettes. Un travail colossal qui me prend une grosse partie de la journée. Je termine en disposant les livres sur une table décorée à cet effet et j'examine l'inventaire des titres pour m'assurer de ne pas avoir fait d'erreur: *Le Voleur de sandwichs, Quand je serai mort, Trahie, La Tribu qui pue, Plus envie de rien!, Lilie, l'apprentie parfaite…* Une fois que j'ai fini, je contemple l'étalage devant moi. On dirait un festin de livres! Cette version de l'Action de grâce réussit à me dérider.

— Tu as le plus beau des sourires, Simone.

C'est Philippe London.

— Euh… merci.

— La récolte est particulièrement bonne cette année.

Il fait référence aux livres que j'ai choisis.

— Oui…

— Oh ! Je vois que les tartes sont arrivées. C'est la recette d'Alice. Ce n'est pas elle qui les fait, mais elle supervise la pâtissière.

— Qui a intérêt à suivre ses ordres ! dis-je à la blague.

Il rit, parce qu'il connaît le personnage, mais son visage exprime l'affection qu'il porte à Alice. Il regarde sa montre.

— Plus que deux heures avant l'arrivée des dindes.

Les dindes ?

Interpellé par Crusoé qui, comme toujours, est apparu de nulle part, Philippe s'excuse et part dans sa direction avant que je puisse lui poser d'autres questions.

Vraiment ? Je vais être obligée de subir un véritable souper de l'Action de grâce ?

Je ne mens pas, il doit y avoir au moins une vingtaine de dindes. Toutes plus vivantes les unes que les autres ! Devant mon air ahuri, Guillaume lance :

— Philippe ne ferait pas de mal à une mouche, *ergo* les dindes vivantes !

Puis il s'éloigne, appelé par Amandine qui sollicite son aide pour les décorations.

En moins de deux heures, la librairie s'est transformée en ferme. De grands draps, sur lesquels des épis de blé ont été peints, recouvrent les étagères et les pyramides de livres. Partout dans les allées, des citrouilles, des bottes de blé et de petits enclos pour les dindes, tandis que les feuilles d'érable multicolores pendouillant du plafond nous rappellent la saison des récoltes. Pour couronner le tout, la table qui a été dressée à l'entrée est recouverte d'une nappe aux coloris automnaux sur laquelle ont été déposées de minuscules citrouilles, plantées de longues bougies blanches.

— Aide-moi !

Alice est en train d'ouvrir une boîte de carton dans laquelle se trouvent des assiettes de porcelaine blanche avec un pourtour orange et or.

— C'est pas un peu chic ?

— Ça appartenait à la femme de Philippe.

— Appartenait ?

— Elle est décédée il y a trois ans. Alzheimer précoce. Il l'a soignée à la maison jusqu'à sa mort. Je l'ai jamais entendu se plaindre.

J'aide Alice à mettre le couvert, mais mon esprit est ailleurs. Il fallait que Philippe ait un courage hors de l'ordinaire pour choisir d'accompagner sa femme jusqu'à la dernière minute. Cette maladie ne pardonne pas. Quand elle ne transforme pas les êtres qui en sont victimes en bourreaux ou en enragés, elle les rend indifférents à ceux qui les ont aimés, oubliant même leur existence, craignant parfois leur présence.

— Il devait aimer sa femme énormément.

Alice sourit.

— Ils étaient séparés depuis longtemps.

Je hausse les sourcils. Elle me fait un clin d'œil.

— La fin d'un rêve amoureux, c'est pas une raison pour manquer d'empathie. Philippe avait aimé sa femme, elle était dans le besoin, c'est tout ce qui comptait.

Je n'ai pas le temps de réagir qu'elle s'exclame :

— Bon ! Le buffet végétarien arrive !

Puis elle se dirige vers l'entrée, me laissant seule avec mon étonnement.

Dix-huit heures! Les chandelles sont allumées et Crusoé ouvre en grand les portes de la librairie. La file qui attend dehors est impressionnante. Beaucoup d'enfants, mais des adultes aussi, et tous ont les yeux pétillants.

Chaque enfant est invité à faire le tour des allées avec Amandine pour rendre visite aux dindes, puis Guillaume leur remet le livre de leur choix. Philippe les oriente ensuite vers la table où le buffet «spécial», comme l'ont surnommé les enfants, les attend. Les adultes, eux, prennent place à la table dès leur arrivée. Le ballet est planifié au quart de tour.

Trois tablées de clients se succèdent, comme dans les Noëls d'antan, quand les familles étaient trop nombreuses pour manger ensemble à la même table. Puis, peu à peu, petits et grands quittent la librairie le cœur content, le ventre repu et l'esprit nourri. Moi... je n'ai pas glissé un mot de la soirée. J'ai souri, cependant, à me faire craquer la commissure des lèvres.

— À nous maintenant, lance Crusoé en revenant vers la table après avoir refermé la porte sur le dernier client. À notre tour de rendre grâce.

Bon. Je savais bien que ça ne pouvait pas durer. Il va falloir que je fasse semblant que j'ai de la gratitude pour ma misérable vie ! À ma grande surprise, mes confrères quittent la table, pour revenir après quelques minutes avec chacun un livre à la main.

— Je peux commencer ? demande Alice.

— Normal pour une guerrière de mener l'assaut, dit Crusoé.

Elle nous montre le livre qu'elle tient : *Sur la plage de Chesil.*

— Merci, Ian McEwan, de nous rappeler que l'amour est fragile. Une parole, un faux pas, un silence... Merci pour ton écriture tout en retenue et en finesse.

Je suis sous le choc devant la tournure des événements.

— Merci à toi, Alice. Un excellent choix. À qui le tour ?

Guillaume se lève. Il brandit *La Doudou qui ne sentait pas bon.*

On se regarde tous, étonnés.

— Parce que j'aurais aimé ça en avoir une… J'aurais au moins eu une amie. Merci, Claudia Larochelle !

Il se rassoit. L'émotion est palpable. Timidement, Amandine nous présente son choix : *L'Énigme du retour.*

— Merci, Dany Laferrière… pour ce livre et tous les autres. À travers toi, notre peuple existe, pas seulement dans les larmes, mais aussi dans la joie. Et dans l'odeur du café !

Ça rigole autour de la table. Moi, j'ai la gorge nouée. Philippe attend qu'Amandine se rassoie, puis il nous montre *Le Vieil Homme et la Mer.*

— Merci, Ernest Hemingway, pour ce récit si simple, pourtant si plein de sens, pour lequel il y a autant d'interprétations qu'il y a de lecteurs. C'est une œuvre pointue et accessible tout à la fois. Là réside le génie.

— Bien dit ! À mon tour, maintenant.

Crusoé nous montre son choix, un roman qu'il a tiré de la section LGBT : *Good boy.*

— Merci, Antoine Charbonneau-Demers ! Le monde a besoin de voix comme la tienne. Surtout en ces temps de chaos où les combats qu'on croyait gagnés sont fragilisés.

Les applaudissements fusent. Puis le moment fatidique arrive où ils se tournent tous vers moi.

— Et toi, demande Crusoé, tu rends grâce pour quel livre ?

Je réfléchis longuement.

— Je crois que je choisis Baudelaire. *Les Fleurs du mal*… pour le poème « L'invitation au voyage ».

— Merveilleux ! Pourquoi ?

Pourquoi, en effet ? Puis la réponse m'apparaît soudain.

— Parce que je comprends enfin que ma vie est un voyage et qu'il ne fait que commencer.

Crusoé me sourit.

— Bienvenue à bord !

Nous avons rangé la librairie avant de nous en aller, chacun de notre côté, cuver le trop-plein d'émotions de cette soirée de grâce. Philippe est parti le premier, puis Alice, Amandine et Guillaume ont suivi. Comme j'ouvrais la porte pour quitter les lieux, Crusoé s'est approché de moi.

— As-tu su, pour l'explosion ?

Je lui fais signe que non.

— Après avoir étudié de très vieux plans des souterrains de la ville, ils ont découvert une ancienne ligne de gaz naturel. Le tuyau se serait vraisemblablement fissuré et une poche de gaz se serait formée dans le roc au moment où ils ont vidé les conduits pour condamner la ligne... exactement à l'endroit où l'immeuble à logements a été construit par la suite.

Je n'en reviens pas. Il y a finalement une explication à ce drame. Et moi qui commençais à croire que cette explosion était un signe placé sur ma route pour que je change de trajectoire. J'ai envie de rire quand Crusoé ajoute :

— On ne sait jamais ce qui se trame sous la surface...

J'erre sur la rue Wellington, trop à l'étroit dans ma tête, incapable de rentrer chez moi. Comment oublier ces mots que Crusoé a laissé planer avant de verrouiller la porte derrière moi ?

Depuis ce jour fatidique où j'attendais sous la pluie l'autobus qui n'arrivait pas, je n'ai plus le contrôle de ma destinée. Ou plutôt, je sais maintenant que je ne l'ai jamais eu. J'ignore si c'est une bonne ou une mauvaise chose. Et même si c'est possible de contrôler sa vie. Crusoé a raison. Tant de choses se trament sous la surface de nos existences…

Mes pas m'ont conduite jusqu'au parc sur le bord du fleuve. Combien de fois me suis-je retrouvée devant le Saint-Laurent à interroger le vent ? J'ai une pensée pour Laurent Bernard et mes linguinis aux palourdes en papillote. Il ne les méritait pas. Et moi, je ne méritais pas le passage de cet homme dans ma vie. Comment en étais-je venue à être assez aveugle pour permettre à ce monstre d'y entrer ?

Je suis arrêtée dans mon élan. Sur le banc où j'ai l'habitude de m'asseoir se trouve un homme. C'est Philippe. J'hésite à m'approcher, mais comme il m'a entendue arriver, c'est lui qui se tourne vers moi. Il est surpris de me voir.

— Simone !

Je veux rebrousser chemin, mais il m'interpelle.

— Attends ! Tu ne veux pas t'asseoir un peu avec moi ?

Il le demande si gentiment…

— D'accord.

Je m'assois à côté de lui, en prenant soin de garder une distance respectable. Ça semble l'amuser.

— Je vais tenter de t'apprivoiser, comme le Petit Prince.

— Tu vas me dessiner un mouton ?

Il sourit.

— Tu viens souvent ici ?

— Trop.

— Ah…

Il fixe l'horizon. J'en fais autant. Au bout d'un moment, je pointe le fleuve.

— Est-ce qu'il a déjà répondu à tes questions ?

— Jamais, mais c'est pas le but.

— Ah non ?

Il m'observe.

— Les questions sont en soi des réponses.

Je ne sais pas s'il a raison, mais j'aime ce qu'il affirme. Puis, tout naturellement, il me fait l'inventaire de ses questions. Certaines sont loufoques et me font rire aux éclats, d'autres sont sombres et rivalisent avec mes noirceurs matinales. Pourtant, je me sens légère, assise à côté de lui.

— Désolé... Je voulais pas te faire peur avec mes questionnements.

— Quoi ? Tu penses que t'entendre t'interroger sur le sens de la vie et de la mort, ça me traumatise ? Je suis bien plus effrayée par le manque d'empathie et de compassion, par la bêtise qui triomphe sur les réseaux sociaux, par ces fous qui tranchent la tête des femmes, par les enfants qu'on laisse crever par milliers, par le simili amour, par le sexe égocentrique, par ceux qui croient que la Terre est plate, par le culte de l'argent et celui de l'ego...

Je ne suis plus capable de m'arrêter. Et je ne le veux pas. Je continue l'énumération sans fin de toutes les violences qui me tuent à petit feu depuis l'enfance, jusqu'à n'en plus pouvoir. Jusqu'à avoir envie de mourir.

— Je veux que ça cesse, Philippe ! Je veux fermer les yeux et ne plus jamais les ouvrir sur ce monde insensible.

Voilà. C'est dit. Enfin ! Je suis en nage et je halète. Mais je me sens terriblement vivante.

Philippe n'a pas bronché. Il ne semble ni effrayé ni découragé. Moi, par contre, je dois paraître un peu démente.

— C'est tout ?

Quoi ?

— Hein ?

— Je te demande si tu as quelque chose à ajouter.

— Euh... non.

Il me tend la main. Je le regarde, interloquée, sans bouger. Il s'empare alors de la mienne et la serre, comme on le ferait avec une personne qu'on rencontre pour la première fois.

— Heureux de faire ta connaissance, Simone. Ton sourire me plaît et c'est bon d'échanger avec toi. Tu sais parler de la vie sans faux-fuyants... J'aime ça.

Ma main est toujours prisonnière de la sienne. Je crois qu'il attend que je réponde quelque chose. Je confesse, avec une petite voix de souris :

— Eh bien... Moi, j'aime ton élégance.

Mes noirceurs matinales n'ont pas disparu, mais elles se font plus rares. Et j'ai vidé le tiroir de la cuisine…

La plupart du temps maintenant, je chantonne en avalant mon café le matin et je m'habille avec enthousiasme à la pensée que je m'en vais rejoindre ma petite famille d'aventuriers. C'est comme ça que je les ai baptisés.

— Vendredi?

— Oui, Crusoé?

— T'es dans la lune.

Je lui souris. Une habitude que j'ai prise récemment. Je souris au lieu de m'interroger sur tout et son pourquoi. Je respire, accepte l'inattendu et profite du moment présent. Ça allège le fardeau.

— Es-tu prête pour Noël?

Je souris.

C'est la première fois depuis mon *Ground Zero* que je reçois chez moi. Cela m'indique que je suis très certainement sur la bonne voie. Laquelle ? Ça, c'est une autre histoire. Mais est-ce nécessaire de le savoir ?

Alice a déclaré que ce serait notre party de bureau du temps des fêtes. Pourquoi pas ? Elle s'est donc présentée à la maison hier avec une boîte pleine de décorations. Elle s'est appliquée à en installer littéralement partout dans mon petit appartement, qui à présent ressemble à une boutique de Noël. Il y a même un minuscule sapin dans un coin.

Ma légèreté matinale – heureusement, le contraire aurait jeté un voile sur la soirée – ne m'a pas quittée de la journée. Un souci de moins sur ma longue liste de choses qui pourraient gâcher la fête. Autant je souhaitais organiser ce souper, autant je le crains. Car je n'ai pas seulement invité la tribu sympathique de la librairie, mais, comme des bouteilles lancées à la mer, j'ai envoyé des invitations par courriel à mes anciennes amours, ces cœurs qui ont disparu de ma vie quand la tempête a frappé. Je ne demandais pas de réponse, je leur enjoignais de se pointer chez moi s'ils en avaient envie. Maintenant, je mesure la folie de ce geste. J'ai fait à manger pour cinquante personnes. On ne sera que six, j'en ai bien peur.

Amandine arrive la première, comme une bombe de joie. Le tourbillon de son entrée fait bouger l'air stagnant de mes pensées.

Je lui fais visiter mon appartement. Elle n'émet aucun commentaire sur l'unique fauteuil du salon, accompagné d'une montagne de chaises pliantes louées à la salle paroissiale sur le conseil de Philippe.

Crusoé et Alice arrivent en même temps.

— Va pas t'imaginer des affaires, lance Alice. On faisait l'inventaire ensemble.

— J'ai pas autant d'imagination, dis-je avec un clin d'œil.

— J'adore ton tailleur ! s'exclame Crusoé.

— Merci... Jaune, ça fait pas très Noël, mais c'est festif.

Guillaume et Philippe arrivent en dernier, les bras chargés de cadeaux.

— C'est pas moi, c'est le banquier ! s'excuse Guillaume.

Le banquier ?

— Quel banquier ?

— Il parle de Philippe, Simone.

Alice questionne les autres du regard.

— Elle est lente, vous trouvez pas ?

Ils me fixent.

— Quoi ?

Crusoé prend un ton officiel.

— Simone Vendredi, je te présente Philippe London… Professeur de littérature à la retraite, mais également un des héritiers de la famille London.

— London, comme dans…

— Bon, enfin ! Elle se réveille. On va pouvoir commencer à fêter. Qui veut un verre de vin ?

Tout le monde suit Alice dans la cuisine. Je demeure seule avec Philippe dans le salon.

— C'est pour ça que tu ne veux pas de salaire…

Il acquiesce.

— Et c'est toi qui payes pour la bouffe et les livres à l'Action de grâce ?

— Oui.

— Pourquoi ?

— Pourquoi je t'ai rien dit, ou pourquoi je fais ça ?

— Les deux…

— Je le fais parce que je peux. J'ai pas besoin d'autres raisons, à part peut-être le fait que ça me réjouit. C'est un peu égoïste, dans le fond.

Il met un moment avant d'ajouter :

— Et je t'en ai pas parlé… parce que ça aurait manqué d'élégance.

Ses yeux pétillent de malice. J'éclate de rire.

— Allez ! Va te chercher à boire dans la cuisine. Je vois qu'Alice a pris le contrôle de la situation.

Je l'observe s'éloigner, puis mon sourire disparaît. Je m'approche de la fenêtre du salon. Le ciel s'est mis de la partie. De gros flocons de neige tourbillonnent et virevoltent dans tous les sens. Mais je n'ai plus le cœur à la fête. Mes aventuriers sont là, mais mes amis de toujours manquent à l'appel…

Je fige et réprime un cri. Ils sont regroupés devant ma porte et hésitent à sonner. Je ne fais ni une ni deux et cours leur ouvrir.

— Venez ! je crie en direction de la cuisine. Ils sont là !

Ils sont nombreux, les amis qui espéraient mon retour. Ceux et celles pour qui le bonheur est dans l'inattendu, qui accueillent les tempêtes comme des occasions de grandir. Ces cœurs dont le navire a sombré et est remonté à la surface plus d'une fois, qui comprennent que, parfois, le voyage doit se faire en solitaire, car la tempête qui s'annonce ne leur appartient pas. Qui savent qu'ils ne seront d'aucun secours sur la mer démontée mais qui attendent patiemment, comme des phares au bout de la nuit, que le brouillard se dissipe.

Avec eux, nulle explication n'est requise. Seul existe le plaisir de se retrouver et de continuer ensemble le voyage amorcé avant la tempête.

Le cœur gonflé, je les invite à monter. Philippe, Crusoé, Amandine, Guillaume et Alice m'ont rejointe dans l'entrée.

— Mes amours... je vous présente ma nouvelle famille.

Un jour, tu te lèves, et ton destin prend une tournure inattendue. Ta petite vie ordinaire est soudain plongée au cœur d'un tourbillon dont la beauté insoupçonnable et la puissance amoureuse t'étaient étrangères.

Tu n'es plus seule.

Ton île, que tu croyais déserte, est peuplée.

REMERCIEMENTS

Merci, Philippe Lanthier. À ton insu, tu as ouvert les vannes de mon imaginaire.

Merci, Caroline Lafrance, pour tes paroles encourageantes et tes conseils. Ils me sont précieux, comme ton amitié.

Merci, Marie-Eve Gélinas. Merci pour ton œil de lynx, tes remarques judicieuses et ton amour de l'écrit. Merci pour ton « élégance ».

Merci à la formidable équipe de Libre Expression. Vous avez accouché avec brio du roman que j'ai porté pendant des années.

Merci à ceux et celles qui contribueront à la diffusion de cette fable. Elle est importante pour moi, mais je crois également qu'elle est de son temps et qu'elle pourra semer un peu d'espoir dans cette époque trouble où nous vivons.

Merci enfin aux lecteurs et lectrices. Vous êtes, après tout, la raison pour laquelle j'écris.

Namaste.

Restez à l'affût des titres à paraître chez Libre Expression en suivant Groupe Librex :
facebook.com/groupelibrex
edlibreexpression.com

Cet ouvrage a été composé en ITC New Baskerville 11,85/16
et achevé d'imprimer en décembre 2020 sur les presses
de Marquis imprimeur, Québec, Canada.

100%
PCF
BIOGAZ ÉNERGIE
PERMANENT

Imprimé sur du papier 100% postconsommation,
fabriqué avec un procédé sans chlore et à partir d'énergie biogaz.